我想念的，是你？還是我？

文刀莎拉 著

推薦序

如是我聞

每次讀文刀莎拉的小說都像在看電影，看著一部似乎自己也在其中的電影。

你走在裡面，偷聽著主角們的對話。

你時而從書本外面窺探，時而從書裡世界的上空以為找到全知的觀點，哪知道下一秒墜落地表才知道自己只讀到半個真相，只是一個二分之一的讀者。

然後很不甘心指著書本，想叫作者出來對質，要她（或他）給個說法。

當然，這是一種傲慢無禮的讀者行為，作者在文字落於紙張之後就該離席，所有的爭執、妥協、困惑與懷疑⋯⋯等等諸多情緒都該由讀者自行負責。

但如果一個故事會讓讀者入戲太深到了想要客訴的程度，你可以猜想這小說肯定好看了！

我不會在此劇透，更不想破梗。

閱讀小說是很私密的事，只有在空間裡只有兩個人的時候，才能對彼此宣洩快感。一如「投擲棒球」是投手與捕手之間的絮語，這兩位主角可能是讀者與書，也可以是讀者與作者，或是讀者與另一位讀者。

巧合的是，愛情亦作如是觀。

林淵源

台灣知名精品建築師、別墅建築師。文章及插畫作品遍及雜誌、書刊，曾獲選台灣五十大建築師、著有《建築師，很有事：畫說空間的療癒與幽默，林淵源的異想世界》、《房子在想什麼？：從空間看見的人生故事》。

推薦序

從「無」或「有」，皆難以承載！

文刀莎拉繼前兩本書《流失里》到《留時里》，在《我想念的，是你？還是我？》所書寫的文本是自我、伴侶及人與人交錯的關係。當我們在生活的日常中，常思考著我與家人、伴侶及他人的關係，然而，更深沉的是透過與他人的關係，映照著自己對於愛與關係的需求。在討論與他人的關係之前，你和自己的關係好嗎？

由家鄉開始了故事書寫的脈絡，隱隱然的指陳著我們自己的歸屬在哪兒？

文中開頭提到「每年我都會在冬天的森林裡散步，那是我的冬日探險，這段時間動物們都已冬眠，正是享受森林一片寂靜、幾乎沒有生物活動的時刻。」在大地的冬眠期，故事的主人翁面對自己，如熱咖啡般的令人想深深品嘗一口；尤其提到：「我是深愛孤獨的人，只不過是我與自己孤獨靈魂的對話」。

然而，故事的主人翁透過夢境，進入深層的論述著對愛及伴侶的需求。到底深愛孤獨的主人翁、抑或夢境中為愛而綑綁的主人翁，更真實地貼近自己呢？

在〈捕獸夾〉的這章節中，我喜歡主人翁在文本中所提：「我想要在精神上獲得自由，但卻沒辦法獲得精神上真正的自由，我的惡夢經常出現，放不開、拋不下，即使孤單獨處，盡量不與鄰居交流，只有犬犬與我為伴，我還是經常陷入過去的事情，就算我很努力的專注在每一天的生活細節當中，意識仍然流向讓我日夜充滿罪惡感的過去。」

援助陌生人！真如社會所思考的那麼的單純嗎？

基於良善的助人，困擾著主人翁，透過故事中「向陽及威利」這一對情侶中展現！我們生活的日常，也常接受別人的幫助及幫助別人！

然而，令人困窘的，基於人道的協助卻常常被人懷疑，被他人的情緒、社會的期待所綑綁。誠如文中有一段提到：『你們是否該對我公平些呢？』你應當說：『我將你們對我所施的不公平待遇當作是我應得的！』

充滿人情味的餐廳，環繞著生命的活力與情感，文中在「你」的這個章節中，用「我家的海邊」或「你家的海邊」，舒適又貼近！又提到金剛經裡的經文：「過去心不可得，現在心不可得，未來心不可得」。

「無」或「有」，皆難以承載！

最後，如謎樣般的，虛實間、真假間，真有其定論嗎？外在的自由交錯著內在的綑綁，帶領著我們透過故事而看到深層的內在議題！

張菁芬
國立臺北大學社會工作學系副教授

推薦序

哇！令人驚訝的文刀莎拉！

《我想念的，是你？還是我？》故事中的場景或人物，或許是文刀莎拉創造的世界，彷彿卻又像真實的在每個人心中發生過，就像在眼前的每個細節都存在，但只在記憶的深深處。

每一個虛擬的場景總是讓人對號入座，會有一個走過的森林步道，步道旁的森林小屋靜靜的立在那裡，你總會看上一眼，腳步沒有停過，心裡卻嘀咕著，這個森林小屋會有什麼故事發生呢？

也會有個閒適的白沙海灘，你應該會在人少的時候想去走走，甚至也去走走過，你不在海灘的時候別人的故事也一件件的發生。

望著海的時候通常你會沉默一會兒，海浪一浪一浪的拍打白色沙海灘裡，也許總有你隱藏著的心思，別人在的時候也是如此？

一定會有一家演唱著經典老歌的酒吧，你會隨著經典音樂配著酒吐露心聲，說著說著偶爾突然會停下來想起一些往事，喝著喝著有時甚至還會講起自己都不知道的事，講到滿肚子委屈的時候，大口喝了太多酒，還淪落到廁所抓一下兔子，其實別人也會？

在真實的生活中，也會有很多有趣的人物，犬犬是故事主人翁整個生活的重心，到哪裡都得帶著，貓貓可就不願讓你帶著到處走，貓貓可有多著自己的想法，帶著犬犬就會有著很多對話，你也會嗎？

總有一對情侶愛恨糾葛著，一下子女方來訴苦，不久男方來抱怨，你這和事佬一個頭兩個大的時候，他們訂了米其林餐廳在和好，有約著你嗎？

最近富二代特別多，你也應該有認識，最常聽到抱怨他的老爸，每次都管著他回家的時間，出來玩的次數，花太多的錢，而你有幫他買過單嗎？

還有一個人，你們努力的相處過，互相依賴過，一起甜蜜過，還曾經海誓山盟過，後來只在想你的時候出現過？

文刀莎拉用場景把故事串連著，也用名人經典讓故事印證著，還讓〈Look at me〉的音樂瀰漫在文章之中，每每讓人進入深深的思念中，總有一個人會讓你不時的想起，每一句話、每一個動作、任何一個細節，除了長相，也想著或者你在哪裡？

劉祥德
威易有限公司、高雄Wee威易聯合辦公室創辦人、總經理
曾任藍天電腦大中國資產事業行銷中心總經理
威易聯合辦公室https://www.weeasy.com.tw/

Contents

前言

這個故事不屬於特別的國家或特別的地域。
它只發生在我心裡的國度。

當我想你的時候

「我的腦中總是想著你，那是一種非常非常愛你、明確的情感，想緊緊擁抱著你的感情，我知道自己深愛著你，但是卻完全想不起你的長相。你的面貌、身材、髮型、衣著，總是矇矓不清。

我望著遠遠的天空，那片白色像棉花糖的雲裡，是否有你？或是遙遠的海平面，你是否就在海面那條邊際線的另一面？

但不管我怎麼想，你都不會變得清晰，也不會出現在我面前，我無邊無際地想，怎麼樣也無法將你變成現實，無論如何努力也不能擁抱住真實的你，我的心空虛地發狂，直到無法承受時，天空總會出現彩虹。

彩虹！那道美麗的彩虹，馬上填滿了我的心，我感到非常喜悅，喜悅到可以暫時忘記你，然後我終於可以開心的微笑。」

捕獸夾

冬天，家鄉一定是好幾場大雪，整座城市都被大雪封住道路，人人都躲在家裡，除非必要就不出門。整整三個月這裡就像一座白色的城市模型，在外地工作的人若沒有需要，也不會回到被大雪隱藏在地景裡的家鄉。而我卻最喜歡在這冬季大雪的三個月回老家住。因為那種寧靜，是你在任何地方，都難以得到的。

今年的雪不如往年厚重，大概因為地球暖化，反而下了好幾場大雨，小鎮的聯外橋樑都被河水淹沒，要出鎮必須等河水消退才能過橋。

我的老家，爸媽去世後留給我的，是一座非常典型的鄉村木屋，前廊有高起的露台，後院很大，小時候種下的樹苗都已大樹參天，還有一座車庫、一座倉庫。倉庫裡堆滿木柴、工具、生活雜物。

每年我都會在冬天的森林裡散步，那是我的冬日探險，這段時間動物們都已冬眠，正是享受森林一片寂靜、幾乎沒有生物活動的時刻。但最近雪裡混著雨，森林裡的路徑，可能比以往濕滑危險。考慮再三，我還是將熱咖啡裝進保溫瓶，帶著自己看食譜製作、烘烤，熱騰騰剛出爐的小餅乾外加狗點心，拉著犬犬一起出門。

踏出門外，我回頭看看這座從父母那裡繼承來的小屋，只有一個樓層的斜屋頂住宅，深咖啡色的屋頂，保留原木質地的外牆，卻有著白色的窗框，樂觀的母親大概是想用白色窗框留住毫無汙染的單純與美好，大門則是海水的藍，因為父親年輕時是四海為家的船員，自從接受了小鎮裡的教職後，他便將那份大海的寬廣留在門上。我一直保留著這棟房子沒有出售，因為心裡隱隱清楚，不論我在哪裡工作、生活，這裡都是我最後的歸處。

從小鎮走向森林，一路上經過總是戴著老花眼鏡、身材肥胖的費太太家庭麵包工坊，薇薇安小姐的花店，她也兼賣花器、餐具，然後走過麥可先生的熟食店、山姆的肉店、郵局、庫克先生的修車廠、雪莉太太的生鮮蔬菜雜貨店，最後經過木柴場，就到了森林入口。從木柴場遠遠就能看見大而直的杉木頂端布滿了雪，但只覆蓋了三分之一，不如以往整株樹幾乎封在雪裡。

到了森林入口，我把拉住犬犬的繩索鬆開，一鬆開繩子他就像找到深埋許久的狗骨頭一樣，開心瘋狂的往前奔去。我跟在後面慢條斯理的散步前行，雪深只到腳，今年的森林散步，少了踏進深雪費力抬起小腿的樂趣。

赫曼．赫塞（Hermann Hesse）曾說：「大多數人，從未品嚐過孤獨的滋味」[1]但我想，我是深愛孤獨的人，只不過我與自己孤獨靈魂的對話，不知是否與這位哲學家的理想相近。

緩步向森林深處行走，仰頭看著森林裡大型成群的杉木，不由得升起敬

1 赫曼．赫塞（Hermann Hesse）：《查拉圖斯特拉的回歸》（Zarathuatra's Return），1991年。

畏之心，創造這片世界的神祇，不斷以巨大宏偉的自然向我們顯現人類所無法征服的自然之美。我的森林散步純屬個人的孤獨靜心，但對犬犬來說，是狂奔的一日旅遊。

他一會衝向前，一下猛衝向我，然後左右繞一圈，快樂無比，看見他這麼開心，我也心情放鬆了起來。走了快一小時路程，到了我們經常停下來休息的大石頭。我坐下來，打開咖啡壺替自己倒杯咖啡，把犬犬的小餅乾鋪在旁邊，讓他自由取用，再倒些溫水給他，一人一犬，享受這森林中的自然寧靜，獨享一片白色的森林景觀。

這片森林彷彿有自己的語言與音樂，我們在大石頭上坐著，靜靜聆聽樹頂的雪因為太重而滑落下來的沙沙聲、雪塊落下撞擊地面的聲音就像奏鳴曲配著鼓聲隆隆。冷風吹過樹群，彷彿就是他們的竊竊私語。我跟犬犬坐在森林裡，就像參與了他們的祕密交談，但也更像與森林之神對話。休息了二十分鐘，繼續上路，冬天在森林裡不能坐太久，否則氣溫太低，體內血液不循環，身體承受不了，容易僵硬。我跟犬犬繼續前行，二小時後，我們到達中午休憩的森林小屋。這是夏季伐木工人常駐的森林休憩屋，大雪封城的冬季，就是我跟犬犬散步後常來小憩的地方。

去年冬天我在小屋裡留下的罐頭，已經被伐木工人吃光了，看來午餐沒著落，只能繼續吃餅乾。先去屋後的柴堆把需要點燃壁爐用的木柴搬進屋裡，然後點燃壁爐，火光散出溫熱，小屋裡馬上溫暖起來。犬犬坐在壁爐前趴著小睡，我把帶來的書《查拉圖斯特拉如是說》[2]從後背包拿出來讀。

查拉圖斯特拉在森林裡獨居十年後，突然決定下山。他來到山下對眾人說：「超人必定是代表大地的意思吧！我祈求你們務必要忠於大地，而不要輕信那些侈言希望可以超越大地的人。」[3]

2 《查拉圖斯特拉如是說》（Also Sprach Zarathustra），德國哲學家尼采（Friedrich Wilhelm Nietzsche,1844~1900）著作。

3 《查拉圖斯特拉如是說》（Also Sprach Zarathustra），德國哲學家尼采（Friedrich Wilhelm Nietzsche,1844~1900）著作。

冬季，在森林小屋重新閱讀這本書，都讓我誤以為自己能夠變成查拉圖斯特拉，固執的自認為能夠保持心靈澄淨如剛出生的嬰兒一樣，毫無世俗的煩惱與憂慮，就像大雪封著的森林一樣，白皙純淨的令人屏息。

讀了一會兒，我知道自己睡著了，因為我又夢見你，夢裡我一直追著你跑，但你始終跑在我前面，任我怎麼呼喊你等我一下，你還是拚命地往前跑。你披肩的長髮，穿著黃色洋裝、白色布鞋，往前狂奔的背影，彷彿完全聽不見我在後面呼喊你：「嘿，等我一下！等等我！」直到夢裡我再度跌倒，然後驚醒。

下午三點，我們該回程了，冬天夜晚來得早，不早點下山，馬上森林就全部墨黑，看不清楚路徑。犬犬已經醒了，眼睛睜得大大的警戒周遭環境。我收拾東西、滅了火、關上門，跟著犬犬一前一後下山回家。沿路看見冬季還會在森林裡活動的兔子，今年我還沒有開始獵兔，雖然麥可先生熟食店販售的食物很足夠也很美味，但我偶而也想嚐嚐自己捕獲的兔肉，尤其是在大城市裡無法嚐到的野味。回家該把我的捕獸夾找出來了。

走出森林，那片杉木林已經沉到一片黑幕裡去，小鎮的燈火在另一邊閃閃發亮，這段介於森林與小鎮的中間路程，藉著小鎮放射出來的燈光，就像兩邊的灰色地帶，我跟犬犬從黑色森林走向灰色再走向亮黃，一切黑色裡潛藏的祕密，在這片燈光照亮的商店街全部躲進陰影裡，暫時消失不見。

我在麥可熟食店買了一塊燻肉，胖胖費太太家庭麵包工坊買了一大塊麵包，雪莉太太的雜貨店買了一瓶威士忌。今天上山下山運動量足夠，可以多喝點酒、多吃點肉。回家煮了青豆湯，就跟犬犬分食晚餐，聽聽收音機，然後我替犬犬擦擦牙齒、腳、肚皮、屁股。我自己燒了一整桶熱水，泡在浴缸裡，真是舒服極了。夜晚就這樣安靜地度過，然後上床睡覺。

冬季整整三個月，我常常是這樣浪擲時間。城市裡的生意，完全暫時忘記，反正一整年裡，查理總是在春季那三個月出遊，我們剛好輪替，生意不過就是水果大宗買進賣出，電腦程式每年都會依據氣候、生產地報價調整，多年生意已經可以輕鬆運作，我們並不需要太擔心。

睡前我總是想跟你說話，
你在嗎？我想念你的髮絲，長而直，略略有點粗硬。
常常想起你，雖然不到無時無刻的思念，但只要夜深人靜，還是會想起你。

畫面總是停在你跑步時，白皙的腳跟、飛揚的頭髮，
但我總是無法完整看清楚你的容貌，
為什麼呢？是因為時間讓我漸漸忘記你的長相了嗎？
但我對你的那種想念，卻是實實在在，至今無法磨滅。

早上起床，望向窗外，跟昨日或者前日、再前日，幾乎都是一樣的風

景，常常有種活在圖畫裡的錯覺。但其實仔細觀察，可以看見遠方杉木樹梢的雪厚了一點，或者雪線上升一點或下降一點。空氣也不盡相同，有時候是胖胖費太太家庭麵包工坊剛出爐的辣椒麵包，淡淡的麵香加上辣椒刺刺的微弱香氣。有時候順著風，是庫克先生修車廠傳來焊接鐵件的味道，或是薇薇安新進了一批鮮花的花香味。

伸個懶腰，做完身體伸展，我替自己煮了一杯特濃咖啡，加上昨天晚上剩下的麵包，煎兩顆蛋撒上一堆胡椒，坐在前廊輕鬆的吃著早餐，翻看喜愛的書，犬犬坐在旁邊玩他的狗骨頭。今天不打算進森林，準備吃完早餐好好把雜亂的倉庫整理一下。重點是要把捕獸夾找出來，重新打磨夾住獸腳的齒列，讓它們更鋒利些。

鎖住倉庫門的鎖扣已經生鏽，裂開一半掛在門把上，因為倉庫也沒什麼值錢的東西，自從門鎖壞了，就決定也不用鎖了，只在門把上用根棍子當做插梢將門合攏就好。

我把房子打掃一遍，然後換上工作服、戴上手套、穿上靴子，把犬犬留在屋內，我不希望他跟著我去倉庫把自己身上弄得都是灰塵，到時候房屋又要打掃一遍。打開倉庫門，裡面還算乾淨，小鎮不是落塵量高的城市，因為森林環繞、空氣乾淨。

我翻找捕獸夾，經過本來留著備用但已經放太久的輪胎，都已經塑膠硬化了，心裡想該找時間把它們丟了。再翻開工具箱，拉開除草機、伐木電鋸，上面的機油已經落在地上，於是決定先清乾淨地板，再清理捕獸夾。拿了水桶、酒精、拖把，把水桶加滿水，酒精加進水裡比較容易除去油漬，但先在地板油漬上灑了一定適量的酒精，然後開始用拖把清理那塊油漬，清得差不多，再拿塊乾燥的布把地板水分擦乾。既然滴到油漬的地板清乾淨了，就順便把倉庫的地板全部清掃一遍。

做完地板清潔工作已經全身是汗了，才終於把清潔工具收好，把捕獸夾翻出來。捕獸夾去年冬天用過後，已經清理過，不過齒夾的位置有點鈍，又把磨刀工具拿出來，也不用磨得太鋒利，只是要捕獵兔子而已。雖然我也有獵槍，但是我的槍法不精準，也不愛使用獵槍，我的身高不高，手臂不長，拿起獵槍來總是非常不順手，就像拿根超過身高太多的長棍，礙手礙腳。

捕獸夾整理好，今天的身體活動量也夠了。我帶著捕獸夾進屋，犬犬看到捕獸夾便繞著它嗅聞，然後非常不感興趣的坐回火爐邊。犬犬知道我要幹嘛，每年冬天我都會捕兔子，燉兔肉他都有一份，但我猜他非常的不苟同我殘害動物。

但人類就是殘忍的，我們每天都要吃肉攝取蛋白質，何況我跟他都不是素食者。看著他蹲回火爐邊的樣子，我也覺得好笑，如果他是一隻生活在野外的狗，不是人類馴養的，冬天雪地裡，應該會開始挖兔子窩或拚命跳躍去抓鳥來吃吧？

為了要逗逗犬犬，我把遛狗繩拿出來，問他要不要出去散步，他馬上從火爐邊站起來快走到門邊等我替他綁上繩子。我肚子也餓了，決定先去熟食店買半隻烤雞，然後去雜貨店買點根莖類蔬菜，冰箱裡還有啤酒，今天還不需要補充酒水。

戶外又開始下起雨，今年的雪真的下得比較少，都被雨水取代了。我拿把雨傘，然後替犬犬穿上雨衣，我們一前一後，一人一狗出門逛大街，我跟著他的步調，他到處嗅聞、灑尿，我跟在後面慢慢等，反正冬天在小鎮的時間是一大把一大把的花不完，一切都慢慢來。

這樣慢慢逛、慢慢玩，來回一共花了一小時，沿路鄰居家的花圃、圍籬、停在路邊的汽車、騎腳踏車經過的鄰居、路上的石頭、泥巴、小社區公園的溜滑梯、盪鞦韆，犬犬全部要聞過一遍、玩過一遍，有時候我讚嘆犬犬把人生過得很好，一點煩惱都沒有。

今晚又是平靜的一夜，晚餐結束，我開始烤餅乾，因為麵包吃完了，我也花時間做了一些麵餅，上面塗了一層罐頭鱈魚肝，準備明天上山放捕獸夾，在路上休息時吃。上床前，拍拍犬犬的頭，算是互道晚安。

查拉圖斯特拉如是說：「你還沒有自由，你還在追求自由。你的追求使你熬夜不眠、思慮過多。你想要達到完全的自由，你想要讓靈魂融入星空，可是你靈魂裡不好的部分也欲求自由。」[4]。我睡不著時，總是想著這段句子，每年冬季我回到大雪覆蓋的小鎮，就是想讓心靈平靜，拋開城市工作，獲得心靈上的短暫自由，但我仍時常緊繃著精神無法放鬆，尤其躺上床準備入睡時，即使喝了點酒，酒精也無法讓我睡著。

轉頭看犬犬已經呼呼大睡，今日的散步對他來說是很快樂的活動，我雖然也得到了愉快，但夜深人靜，我的思緒就突然清晰了起來，想得越多，越無法入睡。

我一直默默守著單純簡單的生活，但我始終無法得到精神上的完全自由，那裡欠缺了什麼？我想不清楚，總覺得答案快要浮現，卻又馬上消逝不見。

4 尼采著，余鴻榮譯：《查拉圖斯特拉如是說．山上的樹》（志文出版社．新潮文庫）。

然後我又做夢了，我又夢見你，夢裡我一直追著你跑，但你始終跑在我前面，不管我怎麼大聲喊叫，要你等我一下，你還是拚命地往前跑。你披肩的長髮，穿著黃色洋裝、白色布鞋，往前狂奔的背影，彷彿完全聽不見我在後面呼喊你：「嘿，等我一下！等等我！」直到夢裡我再度跌倒，然後驚醒。

清晨，前廊的梯子上覆蓋著一層雪，昨天晚上下雪了。

又是新的一天，雖然有點睡眠不足，但起床精神還算好。燒熱水、煮咖啡、吃昨晚烤的餅乾，犬犬我給他溫水、乾飼料。吃完把背包裝好，裡面有熱咖啡、一大瓶溫水、昨晚準備的食物。捕獸夾跟工具裝在有輪子的手拖行李袋裡，由於這些東西加起來有點份量，今天我決定開車到森林入口再步行上山會比較輕鬆。開車到森林入口大概十分鐘就到，車才剛停，犬犬就急著從車窗跳出去，我還沒把背包拿下車，他就已經走上進森林的小徑。一路拖著裝有工具的行李袋、再加上後背包，我步行速度緩慢，不過捕獵兔子的地方離森林入口不遠，再加油走一段路就到了。

我在前幾天看見兔子的地方放下捕獸夾，然後在捕獸夾旁邊插下一根上面綁著紅色三角旗的旗竿。立標旗是怕走入森林的人不小心踩到，不過動物的學習力都很強，有時候他們看到行經的路上多了一根旗竿，也會小心的繞過。我只有一個捕獸夾，捕到動物的機率本來不大，但是放在兔子平常活動的範圍內，尤其是他們會經過的路徑，捕到機率就變得很大了。捕獸夾安置好，我便把後背包裝進已經空了的行李袋中，一路拖著行李袋上山，這樣輕鬆多了。然後跟往常一樣，在森林小屋午餐，喝杯咖啡，看書，趁傍晚時下山。

拖著手提行李袋下山，開車回到家，肚子真的很餓，因為今天勞動比前幾天多了些。肚子應該承受不了等待餐點慢慢做好，反而需要立刻被填滿，所以我讓犬犬待在家裡，先給他準備了乾糧飼料，自己去麥可先生的熟食店用餐。

今天熟食店裡有炭烤牛排，我點了一大份，加上熱馬鈴薯泥，吃得非常滿足。然後外帶一份烤雞，準備當作明天一整天的食物。蔬菜家裡還有，我計畫明天舒適的待在家裡好整以暇一整天，預計後天再上山查看捕獸夾。冬季在老家，就是這樣單純度日，利用進森林散步當作運動，運動一天、休息一天，這樣求得寧靜的假期，對我來說是剛剛好的安排。

吃飽喝足回到家，犬犬聞到燒烤醬香的烤雞味道，立刻湊上來露出要求吃一口的眼神，我知道乾糧絕對無法滿足他，因為今天一整天他都吃乾糧，我打開包著烤雞的鋁箔紙，開放設計的廚房瞬間香味四溢，味道蔓延至起居室，犬犬馬上跳起來兩隻前腳攀住廚房中島，鼻子湊在檯面上。我撕開一隻雞腿給他，但怕份量對他來說有點多，畢竟他剛剛吃過乾飼料了。

只見他的嘴巴在食盆裡，咬著烤雞腿拚命啃食，像是之前都沒吃過乾飼料一般，胃口還是很好。看他吃得那麼高興，我也就不太擔心他暴飲暴食，替自己倒杯柳橙汁，我把身體躺進客廳的沙發裡，安穩定在一個舒適的位置，打開衛星電視，轉到很久沒看的電影台，享受舒適的夜晚時光。

這一天我起得比較晚，因為今天打算在家裡懶散一天。早午餐，一大片麵包加上牛奶咖啡、一個水煮蛋、一顆蘋果。犬犬的早午餐就是無聊的狗餅乾。我打算下午晚一些再餵他吃昨天買的烤雞。早午餐吃完，清理完餐具，也二個半小時過去了。我端杯熱水，坐到前廊去，翻開這段時間正在閱讀的書《查拉圖斯特拉如是說》，繼續前面的篇章往下讀。

「精神獲得自由的人，仍然需要淨化。因為他的心中還殘留著許多桎梏、泥垢。而他的雙眸也必須變得明亮純潔。」[5]冬季這段大雪時期，回到家鄉父母的房子度假，我自己心裡清楚，與其說度假，不如說是躲回老家，遠離人群，讓心思沉澱。因為正如這段話一樣，我想要在精神上獲得自由，

5 尼采著，余鴻榮譯：《查拉圖斯特拉如是說・山上的樹》（志文出版社・新潮文庫）。

但卻沒辦法獲得精神上真正的自由，我的惡夢經常出現，放不開、拋不下，即使孤單獨處，盡量不與鄰居交流，只有犬犬與我為伴，我還是經常陷入過去的事情，就算我很努力的專注在每一天的生活細節當中，意識仍然流向讓我日夜充滿罪惡感的過去。雖然我時常告訴自己，事情的錯雖然主因是我，但犯錯的人不是我，我不需要有罪惡感，只是將所愛之人的不幸遭遇背負在自己身上，就太過沉重了。經過許多年的沉澱，罪惡感似乎慢慢沖淡了。

但最近這幾天又開始做惡夢，也許跟讀這本書有關嗎？但我太喜愛這本書了，好久之前逛二手書店時，書店老闆特別推薦給我。才翻開閱讀幾頁，就陷進書中的思維，感覺它與我的性格非常貼近。犬犬坐在我旁邊，頭趴在前廊上，無聊的東張西望，突然一陣轟然雷聲，不過那不是雷聲，是類似山上土石崩落或雪塊崩落的聲音。今年下雨的日子比下雪多，所以崩落的是土石還是雪？聲音在森林遠處，實在無法判斷。但是犬犬的吠叫聲很異常，平常森林裡發出崩落的巨響，他頂多吠叫幾聲就繼續發呆，今天卻一直嗚嗚叫。

但崩落聲在森林裡，我不是壯碩或勇武的人，只能遠遠觀望，但看不出所以然，也不見小鎮上誰有特別的行動。我起身進室內，替自己做杯熱紅酒，然後坐在起居室裡繼續閱讀，離自己不理解的事情遠一點，置身事外，對我來說可能比較安全。傍晚跟犬犬分享美味的烤雞，我多喝了兩杯熱紅酒，滿足舒服的入睡。不管房屋外面的環境如何變化，不論雪崩還是土石崩落，都在遠方的森林裡，在這壁爐爐火燃燒溫暖的室內，像是另一個世界，彷彿恆久不動的安穩，我跟犬犬一人一犬靜靜的享受這樣的小宇宙。

「嘿！告訴你，今天森林裡好像發生雪崩了。今年雨下得比雪多，這兩天卻突然下了大雪。雖然雪崩，但我還是決定明天要去看看有沒有收穫。

我知道你跟犬犬一樣不喜歡我捕獵野生動物，你覺得那樣是殺生，我記得我還跟你開過玩笑：「那你應該也不要吃魚！」然後你就生氣了。

但我還是想不起來你生氣的表情，為什麼呢？我好想好想你喔！」

隔天，我考慮是否要如期進森林查看捕獸夾有沒有捕到兔子？因為昨天森林裡發生的巨大聲響，想必是規模不小的變動，所以也許動物們都躲起來了，而且我怕變動太大，現在進森林不知會碰到什麼特殊狀況，如果遇見危險，我自己一個人加上犬犬可能很容易就被困住。

我把背包帶著，先走進鎮裡搜集一下大家對昨晚巨大聲響的想法，或者有進一步的訊息。胖胖費太太家庭麵包工坊傳出香噴噴的烤麵包味道，大概因為道路時通、時不通，花店前鮮花少了，沒有補新的花，但是卻還有冷藏的茉莉花，薇薇安小姐也許跟我一樣，特別喜愛茉莉花吧！長期觀察她的花店，永遠不缺各種品種的茉莉花。

麥可先生的熟食店今日招牌是德國豬腳，我決定等下如果不進森林就來外帶一份，經過庫克先生的修車廠時，我問庫克先生：「嗨！庫克先生！昨天下午森林裡有發生什麼事情嗎？因為我昨天下午有聽到巨大的鼓聲，是不是哪裡有什麼東西崩落了？」

「早上伐木工人有進森林巡查，山上那一片樹苗區因為壓住樹梢的雪太重，引發一整片樹苗滑落，損失慘重。」庫克先生告訴我。然後他看著我揹著後背包，旁邊跟著犬犬，便提醒我：「如果你要進森林散步，最好先繞過那片樹苗區，有可能邊坡土石不穩，比較危險。」

「好的，謝謝您提醒。」我跟庫克先生揮揮手，示意再見。

如果伐木工人都進森林巡查過了，只要我避開樹苗區，應該就沒問題。我放捕獸夾的位置是在往森林小屋的路徑上，剛好在樹苗區的反方向。昨天樹苗區整片滑落，不知道會不會影響到往森林小屋的路徑，我也想去看看，檢查一下捕獸夾是否還在原來的位置？我立的紅色旗竿標示有沒有受到影響而滑動，是否還豎立在原地？照這樣情形判斷，往森林小屋的路徑還算安全，可以進森林查看。

所以我跟犬犬依照原訂計畫進森林散步，還外加一點探險的意味在裡面，森林散步這個平常用來靜心健身的事情，突然變得令人興奮起來。我們平常進森林走的路徑，目前為止都沒有什麼變動，只不過雪比前幾天厚了一點。今天我們沒有停在路途中吃點心，只站著喝點熱咖啡，給犬犬補充點小餅乾。我們平常坐的大石頭上面覆蓋著一點積雪，雖然雪可以用鏟子鏟掉，但怕坐下去褲子濕滑，今天休息時間就站著了，所以休息時間短暫，我們很快就走到接近安置捕獸夾的位置，那根紅色標旗還牢固的站在原地，紅色三角旗垂下，因為今天沒有什麼風。查看捕獸夾，還原封不動在我擺放的位置，沒有兔子被捕，大概昨天山上的變動，冬季活動的小動物都躲起來了，看來今晚沒有兔肉吃，要後天再進森林查看了。

我跟犬犬繼續往前，跟以往一樣，想要到森林小屋休息一、二個小時再下山。快到森林小屋時，竟然看見裡面有火光，已經有人先到森林小屋了，大概是森林巡查的伐木工人。我還在考慮要不要進去跟別人共享森林小屋，犬犬已經邊跑邊汪汪叫的衝到小屋門前，逼得我沒有猶豫的餘地，只得跟上去禮貌的敲門。

「嗨，請問裡面有人嗎？我可以進來一起嗎？」我敲著森林小屋的門詢問。

「哎，我需要有人幫忙，請進來！」是女生的聲音。

我開門走進去，是你？

不！不是！

是一位長髮的女生，頭髮跟你一樣閃亮，長得跟你好像，或者說一點也不像，但也和你一樣有著無辜的大眼睛。

「嗨！你好！」我脫下帽子跟她打招呼，她半身斜躺在單椅上，似乎生病或是受傷。兩隻登山鞋倒在地上，彷彿她的主人完全就想拋棄它們。

「你好，我需要水，請幫我拿袋子裡的水。」還來不及彼此自我介紹，她就露出痛苦的表情請我幫忙。我慢慢打開她的背包，裡面有一小瓶罐裝水，但只剩一點點了。所以我乾脆把我水瓶裡的水倒在我的鋼杯裡給她。她喝得很快，彷彿已經渴了一段時間了。

「謝謝！」她把空杯還給我，然後自我介紹：「我叫向陽，向著盛夏的太陽，你呢？」

「我叫晴白。」我笑著回她：「天晴茅屋頭，殘雲蒸氣白。是我爸爸幫我取的名字，出自唐代于鵠『山中訪道者』，但是名字聽起來太過浪漫。」

說完兩人相視一笑，她的微笑跟你一樣，像陽光一樣燦爛。

「你怎麼了嗎？看起來受傷了？」我問她。

「我的腳扭傷了。昨天下午在森林裡一場雪崩，我被整個森林的震動驚嚇到，走在小徑上一不小心被石塊絆倒。」她無奈的表情也像極了你。

「只有腳扭傷嗎？其他地方有沒有受傷？」我有點擔心的問她。

「手臂為了撐住身體，有點痠痛，手掌有點擦傷，還好臉沒有受傷。」

她自我解嘲的做個鬼臉。那眼神也跟你好像。然後她把手機拿起來看一下，無奈地對著手機說：「森林裡沒有訊號，好像對外隔絕了。我沒辦法傳訊息給我男朋友，他要我明天在這裡跟他會合，只是我提前一天過來想把森林小屋佈置一下，給他一個驚喜，結果反而受傷了。我急著想通知他，想要他今天就趕過來。」她用求助的眼神看著我。

「可以請你幫忙扶我下山嗎？山下才有訊號，我也想找個舒適的地方休息。」

「這樣吧，現在時間有點晚了，我明天一大早就幫你帶藥品上來。你的傷口很淺應該沒有什麼大礙。只是扭傷的腳踝，可以先塗點油，這樣會比較好。」

「可是哪裡有油呢？我今天可以跟你一起下山嗎？我受傷了，一個人晚上待在這裡有點害怕。昨天晚上待在這裡已經嚇壞了。」她再度用懇求的眼神對我說。但我考量到自己個子瘦小，今天的森林經過昨天雪崩後大變動，濕滑且不太好走。我沒有把握可以扶著她回到小鎮。

「先用魚罐頭裡的油吧！」我沒有正面回答她可不可以，把森林小屋裡大家放置在那救急的罐頭拿出來，魚罐頭、火腿罐頭、玉米罐頭。然後把吊在壁爐火盆上的大鍋子拿下來，把三個罐頭全部混在一起加熱，並且撈起一匙魚罐頭裡的油塗在她的腳踝上。

魚罐頭、火腿罐頭、玉米罐頭這三種材料，混在一起煮，加熱後的罐頭食物聞起來還蠻香的。我用鋼杯裝了一整杯食物給她。然後給她一根叉子。再把中午吃剩的麵包也給她。犬犬蹲在旁邊倒是沒有抗議，一直很安靜，也沒有要求食物。她餓了，可能昨天晚上開始就沒有吃東西了。吃完，我把空罐頭收進背包，稍微整理一下，幫她把壁爐再添點木柴，拿出小屋裡的睡袋鋪好床。

「需要先扶你坐在床上嗎？」我這樣問她，其實也等於直接告訴她，今天沒辦法帶她下山。她點點頭，自己從座椅上抬起腳，我扶著她一步步慢慢移向小屋裡那張小床，然後我請她把腳伸出來，我替她按摩大腿跟小腿，主要是怕她坐太久，血液不循環容易痠痛，又熱敷了一下腫脹瘀血的腳踝。但她似乎很怕我碰觸她的身體。

「我明天一大早就替你帶藥品、食物過來。這裡剩下的水都留給你。」

「可以幫我把手機帶回去充電嗎？這裡沒有電，我的手機也快沒電了，反正手機也沒有訊號。」她又露出無辜的眼神，真的太像你了。

「你信任我的話，可以的，我很願意替你帶手機下山充電。」

「山下訊號應該暢通了吧？如果有訊號，你可以替我傳訊息給我男朋友嗎？告訴他我受傷了，請他早點過來會合。」我點點頭表示答應，她把手機密碼也給我了，還有她男友是通訊錄裡的哪一位。然後我確定她在這裡一切舒適、安全後，我跟犬犬便下山離開森林。犬犬走在前面替我帶路，因為突然發生這些事情，耽誤了很多時間，整座森林已經埋沒在黑夜裡，還好我有帶手電筒，我們回到鎮上花了一些時間，但總算安全回到家。

先把手機充電，我讓犬犬待在家，出門去麥可熟食店買了一隻烤雞、一隻烤豬腳、兩大塊牛排、烤蔬菜，再去費太太家庭麵包工坊買了兩大塊麵包。我覺得好餓，也為明天進森林準備了充分的食物，而且大概覺得很餓了，才會一口氣買了過多的食物。

回到家，犬犬聞到食物香味馬上撲過來，我給他一大隻烤雞腿。在等麵包烤熱的時間，手機已經充電好了，電話也已經有訊息傳進來。我回家鄉的時候，通常會把手機關機，只在每週一打開電話跟查理視訊通話，討論一下水果貿易的生意。今天情況特殊，所以我把我的手機也拿出來開機，輸入向陽的手機號碼，當然還有她男友的手機號碼。

我查看向陽的手機，照她給的密碼解鎖，然後打開訊息，她的男友叫威利，傳來好幾則訊息。

未接來電。

未接來電。

「有空回電話給我，有急事！」

「人在哪裡，怎麼傳那麼多訊息都沒回應？」

未接來電。

「寶貝，我公事沒辦法如期完成，要晚兩天才能出發，我們改約大後天再到森林小屋。」

未接來電。

「很忙啊？怎麼都沒讀訊息也沒回應？忙完打電話給我。」

未接來電。

等我看完訊息，他可能看到訊息已讀，直接打視訊電話過來。我心裡想，反正現在跟他通話也無濟於事，因為他有公事在身，要遲到兩天才能過來。我現在就算跟他通話，他也幫不了什麼忙，而我最不喜歡無意義的對話。所以儘管電話一直響，我也沒有接起來，免得要費神解釋為何是我在用她女朋友電話之類的。何況我也累了，現在有香噴噴的食物，先填飽肚子比較重要。

不過因為他打視訊電話過來，所以我有看到威利的長相、聽到他的聲音，但他顯然不知道電話這一頭是我，電話未接，但是看得到他、聽得到他的卻是一位他完全不認識的陌生人。

然後我開了一瓶紅酒配烤豬腳。吃飽喝足。我開始打包食物，一塊牛排、一隻烤雞腿、一大塊麵包切片、兩顆蘋果、一瓶果醬、一壺水，這樣應該夠向陽吃了。

然後我把藥箱打開，拿出止痛藥、消炎藥膏裝進背包，東西很多，明天又得開車出門了。打包完，我替犬犬擦擦臉、清理牙齒、洗洗腳，然後自己泡個舒服的澡，夜已經很深了。不知道向陽一個人在森林小屋裡還好嗎？

查拉圖斯特拉說：「人與人之間的關係，會破壞一個人的個性。特別是對一個毫無個性的人，更容易受到破壞。」[6]

6 尼采著，余鴻榮譯：《查拉圖斯特拉如是說．睦鄰》（志文出版社．新潮文庫）。

睡前又讀了《查拉圖斯特拉如是說》，這段話好像就是在應證像我這樣的人。我常覺得自己非常不容易融入一個團體，如果要勉為其難參與什麼餐會之類的活動，我就必須假裝自己很健談或很容易相處，但事實是，我很寡言，我覺得許多對話都是徒勞無功的浪費口舌，只是為了說話而說話，那些應酬的對話常常毫無意義可言。與人太過親密相處，會讓毫無個性的我假裝是位有特色的人，這讓我很無力。所以我喜歡每年冬天回家鄉享受孤單的日子，雖然在城市裡我也經常是孤單一人，但總有生意上的應酬要參與，客戶要服務，像是被綑綁的人生，為了生活而必須做些不得不、委屈自己本性的事。

然後我應該是沉沉的睡著了。夢裡，你又在我前面奔跑，你披肩的長髮，穿著黃色洋裝、白色布鞋，往前狂奔的背影，彷彿完全聽不見我在後面呼喊你：「嘿，等我一下！等等我！」

「嘿，今天發生了一件事，終於還是打破了我跟犬犬簡單的生活，很無奈！森林小屋裡，突然來了一位腳踝受傷的女生名字叫做「向陽」，我幫她鋪好床才下山。她的男朋友看起來不是有智慧的人。重點是，我覺得向陽的眼神跟你的有點相似，但我還是想不起來你完整的容貌，夢裡，你願意轉身讓我看一下你的長相嗎？」

清晨，窗外一片寧靜，被雪覆蓋的白色森林近在眼前，但真的接近卻要走一段超過半小時的路程，既現實又奇幻。今天要攜帶進森林的食物、用品又比前幾天更多，所以還是決定開車前往森林入口。我穿上自己最喜愛的鮮黃色保暖外套，幫犬犬穿上禦寒外衣，然後把昨天準備好的行李袋拖上車，清晨的光線有一種淡淡的透明灰藍，讓人心情輕鬆愉快又精神奕奕。

到了森林入口，我把車停好，拖著行李袋一路上山，沒有在中途多做停留，只有經過捕獸夾的時候探看一下有沒有捕到獵物。捕獸夾還是靜靜的躺在那，沒有看到掙扎的動物。我把紅色標旗扶正、立好，因為真正需要擔心的是萬一有人踩到就不妙了。

不到二小時，我跟犬犬就抵達森林小屋。我站在門外敲敲門：「嗨，向陽，我們帶食物跟藥品來了，還有水。」裡面回應的聲音很微弱，不知道是因為她才剛起床，還是她扭傷的地方嚴重發炎了？我考慮要不要再敲一次門表示禮貌，但想到她也許沒力氣大聲回應我們，尤其是幾乎無法下床開門，所以我就直接開門進去了。

猜得沒錯，一打開門她坐在床上，扭到的那隻腳垂在床沿，她看起來無精打采。我先把水遞給她，然後把麵包放在壁爐上的鍋子烤。烤麵包的時間，我去扶她下床坐在壁爐邊的椅子上。她笑著說她早上已經自己一跛一跛的去上過廁所了，但是懶得刷牙。那笑容真像你！

她雖然看起來疲憊，但還有說笑的精神。看起來心情還可以。我把烤好的麵包抹上果醬遞給她，然後從保溫壺裡倒了杯咖啡放在床邊。

「你有把手機帶來嗎？我男朋友收到我受傷的訊息了嗎？」她邊吃邊問我。

「手機沒有帶來，因為山上沒有訊號不是嗎？」我認為這是既有的事實，為什麼她會這麼執著於一定要拿回手機？

「你的男朋友威利留訊息說他有公事未完成，需要再晚兩天才能到。」我很抱歉的告訴向陽。

「你沒有傳訊息告訴他我提前到了？還有我的腳扭傷了嗎？」她很驚訝地看著我。但我的想法是，既然他有公事無法脫身，自然也無法提早到這裡來，不是嗎？但是我不想多做解釋，因為我認為向陽吃飽了，血糖補足了，自己就會想通了吧！

我突然覺得我現在就像是葉慈筆下的斯奈爾小姐！[7]六十歲的斯奈爾老師送給班上每一位同學一模一樣的禮物，一塊橡皮擦，一邊是白色用來擦鉛

7 理查・葉慈（Richard Yates,1926-1992）：《十一種孤獨・與陌生人同樂》（上海譯文出版社）。

筆字，一邊是灰色用來擦鋼筆字，但班上同學卻羨慕隔壁班從下午就開始慶祝耶誕節的歡笑聲，一點也不覺得自己收到斯奈爾小姐送的耶誕禮物是會讓人高興的事情。我跟斯奈爾小姐一樣，我把最實用的東西帶給她，但卻不是她最想要的。

「我幫你擦藥吧，把腳伸過來。」她無聲且無奈的表情，令我難堪。但向陽還是把腳伸出來讓我擦藥，擦完藥，我替她把腳用支架固定好，以免隨便走動又拉到扭傷的腳踝。

我突然明白她為何不喜歡我碰觸她的身體，我猜她多想了，我不是那種會趁人之危的人，我也不會故意不給她男朋友清楚的訊息，我只是評估是否有必要性！為了排除她的疑慮，我只好跟她聊聊她那位很顯然不太有智慧的男朋友。

「需要我幫你佈置小屋嗎？你男朋友雖然晚兩天才會到，但兩天時間很短，一下就過了。等他到了，你的腳傷應該也快好了。」看她一副灰白慘淡的表情，我只能安慰她，幫她一點忙。她點點頭表示同意，然後我走到她的背包旁，拿出裡面的東西，原來是生日快樂的彩色剪紙，我幫她串成一條，橫向拉開綁在小屋的屋樑上。

「原來是慶祝你的男朋友生日，所以你們才會來這個小鎮度假？」我問向陽。她一樣無聲點點頭。

「這裡的森林小屋是伐木工會成員大家共同使用，也開放給登山客共用，所以萬一有人要一起使用，你們還是要跟需要的人分享空間。」我提醒她這座森林裡各棟森林小屋的使用原則。她還是點點頭回應我。看起來她心情差透了，男朋友不能及時趕來，讓她非常失落。我想讓她獨處，這樣她可以好好面對自己的情緒，但又擔心她的腳傷還沒有好，必須要有人留在這裡陪她。

佈置完，我安靜的不打擾她，她也沒有話要跟我聊，兩人默默的坐在同一個空間裡卻沒有話語可以交談，我想她一定是對我沒有把她受傷的訊息傳給她男朋友威利，也沒有要求威利必須提前趕來照顧她的事情生氣，她一直還沒有想通，但我可以原諒她。午餐時間，我把雞腿、牛排、麵包都放在壁爐上的鍋子裡烤熱，然後告訴她這些食物夠她吃到明天中午，我明天下午再送食物跟藥品過來。

「我今天就想下山，我不想再住在森林小屋，我必須下山聯絡威利。」

她口氣堅定的回絕我的安排。

「但是你的腳踝還沒有好，下山路程接近二個小時，受傷的人會需要更多時間，而且回到鎮上是下坡路，腳受傷的人根本不可能走出森林，這樣對你的傷勢沒有幫助。」我多希望你能理性一點！喔不，是她能夠理性一點。

「你可以幫忙扶著我下山嗎？或是現在下山幫我帶一支登山杖回來？」

她張著那雙無辜的眼神請求我幫忙。我無奈地答應，但只答應一半。其實我心裡想的是，待在森林小屋等他男朋友到達是最好的安排，那時候受傷的腳踝至少已經好得差不多了，再下山去就醫也痊癒得比較快。但我不想再做斯奈爾小姐了！[8]我答應明天早上幫她帶一支登山杖過來，因為現在下山帶登山杖過來就已經傍晚，森林早就暗下來，以她的傷勢，晚上要拄著登山杖下山幾乎不可能，況且我無法扶著她下山，我的身材矮小，絕對無法扶著她從森林小屋走下山到達小鎮，連十分鐘的路程都不可能。

所以我還是無法滿足向陽的願望，就像我始終無法實現你的願望一下。突然有一種完全絕望的情緒佔滿我內心，我摸摸犬犬的頭、拍拍犬犬的背，對著犬犬說：「沒事的，事情總會過去，時間可以洗滌一切。」然後我關上森林小屋的門，跟向陽說再見，在天色全黑之前下山，回到明亮的小鎮商店街。

由於一直沒有捕到兔子，我覺得今年可以多添購一個捕獸夾，這樣可以

8 理查・葉慈（Richard Yates,1926-1992）：《十一種孤獨・與陌生人同樂》（上海譯文出版社）。

在不同的地點放置，捕到野兔的機率可能會比較大。所以回程經過庫克先生的修車廠，順便問他有沒有多的捕獸夾要出售。

「今年還沒有捕到兔子？難怪一直沒有收到你的幸運兔腳。」

「對啊，大雨下得多，兔子大概都躲起來了。」

每年我都會把兔腳的毛送給他，因為我知道他女朋友很多，這是送給女朋友的好禮物，因為他總是對女生說：「我把的我幸運物，最喜愛的幸運兔腳送給你！」庫克先生笑起來非常有魅力，嘴角一邊微微翹起，深黑色的眼珠搭上毛髮濃密的鬢角特別有型。然後他叫我跟他去他的倉庫。

「你今天開車進森林？帶很多東西上山嗎？森林小屋都是你貢獻的罐頭，大家都很感謝你。」他對我豎豎大拇指。其實我只是希望自己去森林小屋的時候，隨時想吃東西就有食物可以吃。

他翻找倉庫那堆修車器械，然後從一個紙箱裡拿出兩三個捕獸夾。

「你有這麼多個？」像是挖到寶一樣，我開心的對他說。捕獸夾這種東西，我沒什麼動機去補充那麼多個放在倉庫裡，一切剛剛夠用就好。所以我只拿了一個，問庫克先生多少錢？他說借我用：「鄰居就是這樣，不是嗎？東西借來借去，一起分享還可以聯繫感情。」我微笑答應他，就收下這個捕獸夾。其實這樣也正合我意，不用再多囤一個捕獸夾在我的倉庫裡。

「嘿，你還沒回答我，你今天去森林小屋帶那麼多東西幹嘛？」庫克先生像是怕我惹上麻煩一樣，眼睛盯著我問。

「森林小屋裡有個女生腳踝扭傷了，我沒辦法帶她下山，所以就送了一些食物、藥品去給她。」不是我不想告訴鄰居們，而是我不喜歡麻煩，事情愈少人知道，縮小聯繫的範圍，就越簡單。簡單，才能維持我想要在小鎮安靜生活的目的。

但既然他問了，我就只好告訴他，一切順其自然。

「她需要幫忙嗎？我可以去帶她下山。」他很熱心地告訴我。這樣的確解決了一件事。可是如此一來向陽可能就要住在我家，對我來說，那是更為麻煩的事。這裡我承認，我是自私鬼，雖然她很多地方非常像你，但終究不是你！

「她的男朋友後天就會抵達，我明天早上會帶一支拐杖去給她，看看她能不能自己慢慢走下山就醫。不過，她原本是跟他男朋友約在森林小屋，一起過生日假期的。」我把狀況如實的告訴庫克先生。庫克先生點點頭，然後他建議：「如果明天她自己不能走下山就醫，就請醫生上山去好了。不過，最近聯外橋樑還沒有找工程車去鏟雪，醫生過不來，除非走路過橋。她男朋友也不能開車進來，一樣要走路。」他摸摸他的鬢角。

「那要提早找人去鏟雪嗎？」小鎮橋樑如果在大雪封城的季節，通常會派人固定二週鏟雪一次，前幾天大雪，聯外的橋樑還沒有鏟雪。

「明天看看她的狀況再考慮，我明天早上跟你一起進森林。」庫克先生擔心我是否能處理這麼複雜的事，決定明天陪我一起上山。嗨！是的！我跟以前一樣，心智孱弱，無法應付這樣稍微複雜的事情，因為我瘦弱又力氣小，一張娃娃臉難以贏得重任。所以躲在貿易公司裡，當作公司培養的小祕書去面對客戶，客戶總會給我一點優惠，因為我看起來總是需要被保護。

回到家，向陽的手機剛好響起來，鈴聲連連。我沒有接，查看未接來電，至少十幾通。打開訊息，更多。可見他們這對情侶平常聯繫緊密，感情應該非常好。

正在看是否有其他人也傳訊息找她，電話立刻顯示：威利來電。我想我該接這通視訊電話了。然後我看到威利露出驚訝的表情！

「你是誰？你應該不是向陽的朋友，我從來沒見過你。」他的表情懷疑又著急。

「你好，我叫晴白。快速簡單的跟你說明狀況，向陽提早二天到達森林小屋，但是她的腳扭傷了。森林沒有訊號，所以我幫她把手機帶下山，好跟你聯絡。她希望你能提早到達，帶她下山去就醫。」我簡單扼要地把重點告訴他。但他有其他更多的疑問。

「為什麼她腳踝扭傷了，都沒有人帶她下山看醫生？」

「你是怎麼讓她把電話交給你的？」

「她在那裡有東西吃嗎？晚上森林小屋是不是很冷？有爐火保暖嗎？」

懷疑與不信任，會讓人產生更多質問，這就是我要離麻煩遠一點的原因之一，但碰上了，也沒辦法，我只能盡量壓住我的不耐煩，借用我的假面具去面對。我沒有回答他那些雜草叢生般的疑問。

「威利先生，我知道你有公事無法脫身，但如果可以，就請你依照向陽的意思早點抵達。」然後我就掛掉電話。掛掉電話的前一秒，他還瞠目結舌地問我：「你偷看我跟向陽的訊息嗎？」是有多麼著急以至於變得那麼愚蠢，還是本來就愚蠢？如果向陽沒有給我電話密碼，我如何幫向陽傳訊息給他？雖然我最後根本沒有傳任何訊息告訴他向陽腳扭傷了。但既然向陽把電話都給我了，難道不會給我電話密碼看你們的訊息嗎？

為了忙這些雜事，我都忘記餵犬犬吃飯，我自己也還沒有吃晚餐，生活節奏嚴重被打亂。我把狗餅乾倒在犬犬碗裡，然後把剩下的烤雞放進烤箱，再到倉庫去找登山杖。

我很少用登山杖，那支倉庫裡的登山杖是你的！借給向陽用，你應該不會生氣吧！最後，終於，我吃完晚餐，梳洗過，裝好明天給向陽喝的咖啡、水，躺進我舒適的床，這是每年冬季讓我能安睡、遠離塵囂的安靜角落，但現在完全被破壞了。然後我知道我又做夢了。

夢裡我一直追著你跑，但你始終跑在我前面，不管我怎麼大聲喊叫，要你等我一下，你還是拚命地往前跑。你披肩的長髮，穿著黃色洋裝、白色布鞋，往前狂奔的背影，彷彿完全聽不見我在後面呼喊你：「嘿，等我一下！等等我！」一直到夢裡我再度跌倒，然後驚醒。

「向陽絕對不是你，她長得跟你完全不同，個性也完全不同。她今天生我的氣，只因為我沒有傳訊息告訴她男朋友她的腳踝受傷了。為什麼其他人不能像你一樣理性呢？面對向陽跟威利這對情侶，我就變成六十歲的斯奈爾老師，我真的不喜歡這樣的我。」

要說我睡得好，應該吧！我並沒有失眠，而且還做夢，不是嗎？但是早晨起床卻覺得頭腦腫脹，也有人說做夢是因為睡得淺。總之今天早上起床我昏昏沉沉，煮了一杯濃咖啡，吃了一碗熱麥片，不能再擔誤時間了，向陽在山上等我的拐杖，她現在一定心急如焚，想要快點下山。但對於我來說，向陽的邏輯非常奇怪，本來計畫是提前到森林小屋等待男友給他驚喜不是嗎？男友雖然延遲到達的時間，但這兩天也就會抵達了，她還需要急著下山嗎？

我想一切只是因為她受傷了，她覺得與外面世界失聯了，感到訊息封閉，所以一定要離開森林，到達可以與人共處，可以在手機有訊號的地方與男友通話，這樣才覺得安心嗎？如果我把手機帶去給她呢？但帶去給她其實無濟於事，因為山上根本沒有訊號，手機只是一塊有通電的鐵。

我把東西準備好，帶著犬犬開車經過庫克先生的修車廠，他坐上我的車，我們一起往森林入口前進。前往森林小屋路上，他幫我放置另一個捕獸夾，離主要的路徑遠一點，我一樣把紅色旗竿立好。然後我們檢查一下我最早放置的捕獸夾，還是沒有獵物被捕到。庫克先生把捕獸夾位置調整一下，他說這個角度比較容易讓不小心的動物踏進陷阱。雖然接向陽下山很緊急，但我們還是耽誤了很多時間在安置捕獸夾。

庫克先生查看了一下向陽的腳踝，已經有點消腫，淤血還是很大一片，但是如果他扶著她一路下山，慢慢走，應該二個半小時可以到山下森林入口。於是我幫他們背東西，向陽拿著拐杖，庫克先生扶著她，我們開始慢慢走下山。在森林小屋煎熬了兩天，向陽終於如願離開森林，到達小鎮，她想要舒適的床，我的書房只能先借她休息了。

一路上，她並沒有問我手機的問題，也沒有追問我有沒有跟她男朋友威利通話，告訴他向陽受傷了，希望他能提早到。這只有兩種可能，第一種也許是因為向陽大致了解我，我只照自己的理性邏輯做事，或者第二種，她生氣了，她對我懷疑、不信任、甚至厭惡！但我都無所謂，總之這幾天的事情，本來都不該發生在我生活中，如果那一天我知道森林小屋裡有人，便轉頭就走，這一切打擾我生活的事情，就都不會發生。

一進家門，我就把向陽的電話還給她，我瞄到有十幾通未接電話。向陽終於握到她的手機，一拿到手機她就立刻走進書房去打電話，但老實說，我父母留給我的這座木造房子，房間隔音並不太好，所以她在書房講電話的聲音，再小聲我都聽得見。

我聽見她男友的咆哮聲，他對向陽質疑我，為何不把事情交代清楚，說我是個奇怪的人，我聽見向陽在哭，她說庫克先生人很好，專程來扶她一步步慢慢走下山。然後他的男朋友威利又質疑向陽為什麼要住在我家，鎮上沒有民宿嗎？這樣多危險？

危險?!我是危險的人嗎？我沒有幫忙他們嗎？人心真的難以理解！聽到

這裡，我就帶犬犬出門散步去了，我不喜歡陷入別人混亂的情緒裡。聽他們兩人交談，就等於是混入他們雜亂的邏輯泥沼裡，令人生厭！我收回一開始見到向陽的感受，她真的一點都不像你！從她的心開始，就跟你不一樣！

我跟犬犬在鎮上商店街邊走邊逛，先去麥可先生熟食店買今天晚上要吃的食物，但我在考慮要多買一份威利先生的嗎？不知道他有沒有可能如期到達小鎮，聯外橋樑還沒有鏟雪，他會走路進來嗎？最後我還是決定多買一些食物，如果聯外橋樑沒有清除積雪，他無法在今天抵達，還可以當作明天的餐點。然後我跟犬犬又去薇薇安小姐的花店逛逛，看有沒有新到貨的咖啡杯，犬犬跑去聞薇薇安小姐上週新進的花，有些花都快謝了，但犬犬還是幾乎把每朵花都聞了一遍，然後打個大噴嚏，臉上都是口水。

最後薇薇安小姐送我一枝開滿白色茉莉花的花枝，她說獎勵我跟庫克先生今天做了一件好事，解救受困森林小屋的觀光客。觀光客？突然聽到這三個字，我認為跟向陽這個人完全搭不起來，我只覺得她是麻煩製造者。但我跟犬犬很高興能帶著非常清香的白色茉莉回家，準備把它插在玻璃水杯中，放在廚房的中島台上。

回到家一開門，就看見向陽坐在起居室沙發上雙眼出神。我猜，今天她的男朋友威利一定到不了。

「威利說進小鎮的橋樑被大雪封住，現在不能通行。你為什麼沒有告訴我聯外道路被雪住了？」我一進門，她就急著質問我。

「你們當初打算來這裡度假，沒有仔細查詢過這裡的資訊嗎？」有時候真的無法理解這些人的邏輯。

「因為冬季幾乎沒有人會來小鎮旅遊，所以聯外橋樑如果被雪封住，兩週才會清一次積雪，今年大雨比大雪多，橋樑幾乎一路暢通，很少需要清理積雪。但你們運氣實在不好，一個選擇橋樑暢通之前來，一個卻要在橋封住之後才來。所以，你現在質問我是為了什麼？」

我很討厭這樣的對話，這完全是在替她梳理邏輯混亂的質問，還有她當下無法實現願望的怒氣。我有什麼義務要去面對這些混亂的事情呢？對我來說，她只是某些部分像你的人而已，她又不是你！她只是陌生人！

我把從麥可先生熟食店買來的三塊牛排裝盤擺在桌上，一份推過去給向陽，一份就大方的給犬犬，然後我倒了一杯果汁，開始我的晚餐。她顯然沒有胃口，但還是拿起餐具開始切牛排，然後她說：「威利問什麼時候會清理橋樑的積雪？」

「我等下打電話問庫克先生。」但我並沒有打算要打這通電話。庫克先生早就說過了，看看今天向陽的狀況需不需要看醫生，如果不需要，就不用先清理積雪。

既然現在向陽已經可以自己慢慢走動，不用看醫生，應該也就不用提前清理積雪了。但我又不想讓向陽誤會我是腹黑的人，所以最後我還是把庫克先生的電話號碼給她：「我先去洗澡了，如果你急，可以自己打電話去問庫克先生，這樣不用經過我傳話，會更清楚明白。」

等我跟犬犬在浴室忙完出來，她已經坐在書房沙發上，看不出心情好不好，但有點沉悶的對我說：「庫克先生說再過兩天剛好就是固定兩週一次清積雪的時間，提前清理積雪沒有什麼意義。」

「嗯，如果是我來決定這件事，我也會做這樣的結論！」然後我要回房間睡覺之前，她問我：「難道你不會認為我受傷了，急需讓關心我的人，到我身邊照顧我嗎？」

我只回問她：「我們沒有照顧你嗎？睡前記得擦藥。」然後我幫她把書房的暖氣打開、棉被鋪好，回到我的舒適角落，關起我的臥室門，先睡了。

「我聽到向陽在跟她男朋友威利說我是奇怪的人，而且是位性別不明確的人。如果你在，就絕對不會忍受我受到這樣的委屈，我好想念你。但還好，有犬犬陪著我，犬犬知道我的心受傷了。」

又是一個爽朗清晨，我決定今天進森林去看看捕獸夾有沒有獵到兔子，我把咖啡煮好、麵包烤好放在餐桌上，留張字條「還有煮好一鍋麥片放在爐子上」，然後背上背包就帶著犬犬出門了。經過薇薇安小姐的花店，花店還沒開門，我在店門外的小黑板上留言。

『薇薇安小姐，在山上受傷的旅客今天還暫時住在我家，我今天早上進森林，如果您有空，麻煩去看看她需要什麼幫助，謝謝！ 晴白留』

然後我跟犬犬一路開心的跑步向森林前進，終於可以心情清爽，不必為了要幫忙誰而進森林。感覺今日一定會是幸運日，果然，捕獸夾有收穫了。兩個捕獸夾都有一隻無辜的兔子在等著我們。我把兔子移出來，兔子已經昏迷超過半小時以上了，我用紗布把兔子受傷的地方紮好，以免繼續滲血，然後用厚布包好，裝進背包。因為我沒有帶拖行的行李箱來，兩個捕獸夾，決定繼續放在這裡捕兔子。

只是這一次，我把紅色旗竿放在捕獸夾旁邊半公尺，而不是貼著捕獸夾，因為我發現兔子們都學聰明了，看到紅色標旗會遠遠繞開，這兩隻兔子不大，應該是還沒學聰明的年輕兔子。我跟犬犬高興的背著兔子一路奔向小鎮，今天大家都有兔肉吃了。我把兔肉直接帶去麥可熟食店，經過庫克修車廠時，順便通知他一聲，他是兔腳的愛好者，而且因為他幫忙調整過捕獸夾才有這些收穫。

麥可熟食店午餐時間，裡面已經有兩三桌客人在用餐，我把兔子交給麥可先生，他笑著接過兔子：「通知庫克先生了嗎？」

「當然最先通知他啊！我先回去請向陽小姐一起來，等下再過來。」然後我跟犬犬高興的跑步到薇薇安小姐的花店去，因為我猜薇薇安小姐一定會邀請向陽到她的花店去坐坐，果然在那裡找到她。

「跟我們一起去熟食店吃東西嗎？今天捕到兩隻兔子喔！」我也邀請薇薇安小姐一起去。

「太好了，有兔肉可以吃喔，向陽小姐我們一起去吧！」薇薇安小姐高興的催促向陽起身，但我看得出來向陽一點也不想跟我們去。但最後她還是拿起拐杖，慢慢的一步步跟著我們走。

麥可熟食店裡現在已經坐滿了，我跟庫克先生、向陽、薇薇安小姐四個人坐在一起，那鍋燉兔肉看起來美味極了，我先給了犬犬一點兔肉。庫克先生跟我一人一瓶啤酒，薇薇安小姐也忍不住叫了一瓶啤酒跟我們一起喝，向陽只喝了一點氣泡蘋果汁。她看起來沒什麼胃口，當然了，身體受傷了，心裡也著急威利要明天鏟雪過後才能開車到達小鎮。

麥可熟食店裡中午坐滿的，不是什麼外地來的遊客，因為現在是旅遊淡季，所以其實都是住在小鎮上的人，中午來麥可熟食店享受美味食物，順便帶點熟食回家當晚餐。聊天聲音此起彼落，開心、大笑，或者大聲爭論日常小事，當然包括「向陽小姐的男朋友今天無法進小鎮，是否要為了他們提早一天鏟雪？」，「其實提早一天也可以，反正明天就要剷雪了，只不過是提早一天，沒什麼差別！」，但這跟庫克先生的論調剛好相反。

向陽聽到意見有利於她跟威利，急著表達：「我要求過庫克先生，但是他說提早一天沒什麼意義，反正明天就要剷雪了。」

「我個人的意見，不代表鎮上所有人的意見，只是若單獨問我，負責鏟雪的我，當然會盡量維持小鎮本來的規定。」庫克先生放下第二瓶啤酒，冷冷對著向陽說。

「向陽，庫克先生特別去帶你下山的，不要忘了，你千萬別介意庫克先生維持小鎮的鏟雪原則。」薇薇安小姐趕快接話打破尷尬。

我看著桌上吃剩一半的美味兔肉，突然覺得兔肉的味道變了，啤酒喝起來也沒味道了。「為什麼就不能簡單一點呢？」我說，然後我站起來，想要帶著犬犬走。

但這時候麥克先生熟食店的大門打開了，進來一位陌生人，我認得出來是威利。向陽一看見威利，立刻站起來，幾乎一跛一跛用跳的，奔向威利擁抱他，店裡其他人看得目瞪口呆，他應該是步行過橋進入小鎮的。然後他放開向陽，大步走向我，給了我一巴掌。因為來得太突然，我沒有心理準備，退後了好幾步，目瞪口呆。庫克先生立刻向前將威利的兩隻手用力往後彎，讓他無法再度動手。

「你聽到了嗎？看見了嗎？為什麼紛爭不能離我遠去，卻要發生在我的家鄉呢？為什麼我就不能享受簡單寧靜的生活呢？我遠遠避開那些紛爭的努力，都沒有用嗎？告訴我，我該怎麼辦？」

麥可熟食店裡的客人全部站起來看著這一幕，靜默地、沒有人說話。向陽有點驚嚇到，但她立刻站到威利身旁，拜託庫克先生放開威利，她保證威利不會再動手。庫克先生遲疑了幾秒鐘，但薇薇安小姐用眼神示意庫克先生，最後庫克先生還是放開威利，把他按在椅子上，讓他坐下。麥可先生拿了一副新的餐盤與餐具過來，庫克先生盛了一點兔肉推到威利面前：「一路走過來餓了吧！」

「晴白，再吃一點，心情不好的時候，多吃點食物、多喝點湯，心情就會好多了！」薇薇安小姐幫我添了一碗蔬菜蘿蔔湯，我順從的喝了。但威利顯然怒氣未消，他質問我：「為何向陽手機交給你，回到小鎮馬上就有訊號，你卻沒有第一時間告訴我向陽受傷了？」我沒有回答，因為我認為自己沒有必要向他解釋我的邏輯、我的想法，迫使向陽必須接受一個人孤單留在森林小屋裡的困境，也不是我。

「威利先生，我們這座小鎮，你愛逛哪裡都可以，喜歡責怪誰都是你的自由。但在小鎮上的這條商店街，唯獨不可以訓斥、責備的人就是晴白，因為這條商店街是屬於她的，你不高興可以離開，但不要忘記感謝幫助向陽的晴白跟庫克先生。」薇薇安小姐說話突然冷冽起來，讓人不敢與她爭辯。此刻，我覺得薇薇安小姐比我更像斯奈爾小姐！而不是平常那個溫和卻總帶著微笑的克萊爾老師。[9]

威利聽到薇薇安小姐嚴重的警告，不發一語的站起來，拉著向陽的手：「向陽，我們走吧，這裡不歡迎我們！」向陽被他拉著小跑步離開麥可先生熟食店，我猜他們現在應該是要回我的住處去拿向陽的行李，但我不打算採取任何動作，門沒有鎖、家裡沒有任何值錢的物品，只要別把我的書帶走就好。

尤其是不能帶走我的《查拉圖斯特拉如是說》，那是我最喜愛的書。我需要經常沉迷其中的句子，才能應付對我而言太多的人際關係。

『你們是否該對我公平些呢？』你應當說：『我將你們對我所施的不公平待遇當作是我應得的。』

『其實，對於有些人，你根本無需伸手，而只要伸腳，最好你的腳上還

9 理查．葉慈（Richard Yates,1926-1992）：《十一種孤獨．與陌生人同樂》（上海譯文出版社）。

有利爪。』（《查拉圖斯特拉如是說》）[10]

「薇薇安小姐，你剛為什麼要說整條商店街是屬於我的？」我不懂薇薇安小姐為什麼要這樣說。

「因為我們都支持你做的任何事啊，再喝一碗湯吧！」她又變成那個溫和卻總帶著微笑的克萊爾老師了。

好不容易，所有紛亂告一段落。又是一個清爽的早晨，遠處森林裡一片寧靜的白，冰冷空氣裡飄著胖胖費太太家庭麵包工坊剛出爐的麵包香味。我端著一杯熱咖啡，口中嚼著香味十足的辣椒麵包，犬犬一早吃過狗餅乾，趴在露台的椅子旁發呆，我喜愛的簡單生活又回來了。而且昨天晚上我又夢見你了，這次你似乎有聽見我要你等等我的聲音，你停下來，就要轉過頭來，

10 尼采著，余鴻榮譯：《查拉圖斯特拉如是說．創造之道》（志文出版社．新潮文庫）。

我差點就要看見你的容貌，但夢境就這樣又突然停在那個點結束了，早晨醒來有種甜甜的滋味在舌尖，第一次在夢裡你會想要轉過頭來，但為何我總是想不起你的長相呢？我發呆了許久，杯子裡剩下的咖啡都變成冰咖啡了。遠處突然有個人往我這裡奔跑過來，犬犬也抬起頭站起來，應該是庫克先生。

「晴白，快點跟我一起來，向陽剛才從森林拖著她的傷腳回來，說她男朋友威利的腳被捕獸夾夾到，現在重傷倒在路上。」

「他們還沒離開小鎮？」我心裡想的卻是，這些人怎麼這麼固執？仍然想在森林小屋慶祝生日？女朋友的腳才剛痊癒些，不是嗎？既然還是要在森林小屋慶生，當初向陽又何必下山！

「庫克先生，可以麻煩你請肉店的山姆先生陪你去嗎？他顯然比我適合去救急！」我不是想做個自私的人，但肉店的山姆先生體格、氣力，應該都比我適合。

「我請他幫我去鏟雪了，今天是小鎮聯外橋樑鏟雪的日子。」然後庫克先生意味深長的看著我說：「再說，捕獸夾是你跟我放置的，不是嗎？難道你不想去看看究竟發生什麼狀況嗎？」我無奈的點點頭，一點也無法置身事外啊，然後我進房屋裡去拿件外套，連水也沒帶，就跟庫克先生出發了，犬犬也自動跟上來。我們坐上庫克先生的車，加速往森林入口前進，路上經過薇薇安小姐的花店，看見薇薇安小姐抱著趴在她身上哭的向陽。

「我想問你，為何他們都喜歡這樣自尋煩惱呢？簡單的事情一定要弄得不簡單？如果是你，你就懂我，對嗎？」

到了森林入口，我們跳下車急行進森林，不到半小時就找到威利，他的腳血流如注，痛苦的倒在小徑邊呻吟，他的腳上有止血帶，看來是向陽之前用衣服幫他綁住失血點，如果我們再晚一點，他可能真的會因為失血過多而昏迷。我跟庫克先生過去扶他站起來，但他顯然非常不願意，不斷甩開我們的手。

「森林裡天黑得快，小徑上都是雪，下山不好走，會花掉很多時間，快點決定要不要讓我們幫你。」庫克先生無奈地催他。

「你們就是害我受傷的兇手，你們是故意把捕獸夾安置在路徑上卻沒有放標示旗，對嗎！我現在受傷了，不就正合你們的意思！」他還在生氣，大聲叫嚣不斷揮手拒絕庫克先生的幫忙。

「旗標是我放的，標示旗在旁邊半公尺的地方，其實還算明顯，只是你太魯莽。」我不客氣的告訴他實話。為什麼要在不是旅遊旺季、大雪封住森林的時候來小鎮，而且還完全不先查詢任何資訊就莽撞的上山？我實在不懂這些人的邏輯。庫克先生聽完我說的話，卻轉過頭來表情驚訝的、小聲地糾正我，深怕威利聽見似的：「晴白，你為什麼要把標示旗移到離捕獸夾那麼遠，你知道這樣有多危險嗎？萬一上山的任何人沒有注意到，就會發生像現在這樣的意外，你知道嗎！」

「這樣更容易捕到兔子！」他們不明白我的想法，你說對嗎？現在兔子也學聰明了，他們一點也不明白。庫克先生搖搖頭，他沒有再接我的話，不顧威利反抗，他用力一把拉起威利，我跟在旁邊扶住他一路下山，犬犬自動跑在前面開路。

經過下午這些繁雜的事情，安靜的夜晚終於來臨。威利跟向陽都在薇薇安小姐的花店暫住，等待明天一大早庫克先生送他們到城裡的醫院。我想向陽應該不會再想要暫住我家，他們一定恨透我了。但是我無所謂，這樣反而清靜多了，正合我意。我跟犬犬晚上安靜地吃完晚餐，我幫他擦擦腳底、屁股，清潔牙齒，然後自己舒服的泡個澡，簡單的生活彷彿立刻又回來了。

也許今天發生太多事情，晚上我又做夢了。夢裡我一直追著你跑，但你始終跑在我前面，不管我怎麼大聲喊叫，要你等我一下，你還是拚命地往前跑。你披肩的長髮，穿著黃色洋裝、白色布鞋，往前狂奔的背影，彷彿完全聽不見我在後面呼喊你：「嘿，等我一下！等等我！」直到夢裡我再度跌倒，然後驚醒。

昨天晚上忘了關窗戶，今天早晨被冷風吹醒，犬犬也擠到我的棉被裡來。我急忙起身把壁爐弄暖，然後煮了一大杯溫牛奶給犬犬，自己也喝了一大杯咖啡。全身溫暖的好舒服。配上胖胖費太太家庭麵包工坊的藍莓麵包，真是美味極了。

這幾天因為一些瑣事太常進森林，我跟犬犬打算在商店街散步就好。慢慢跟路上的小鳥、松鼠打招呼，然後從麵包店開始我跟犬犬的清晨散步。胖胖的費太太早上不在店裡，薇薇安小姐也不在店裡，只有店員跟犬犬問好，走到麥可熟食店時，發現大家都在裡面，包括肉店的山姆、郵局局長、庫克先生，竟然還有向陽跟威利，他們今天都來吃早餐嗎？他們在討論什麼事情嗎？郵局局長竟然也會在，很不平常，大概在討論什麼事情，通常他們不會通知我，我也不太在意。所以我跟犬犬沒有進去，因為我們吃過早餐了。但是不知為何，我想要待在窗邊偷偷聽他們說些什麼？

「你們明知她性向怪異，為何要讓她單獨幫忙向陽？」威利大聲質問坐在吧台邊的人。

庫克先生說：「威利先生請你了解，並不是我們讓晴白去幫忙，通常冬天我們不太進森林，只有晴白會進森林散步，而且她正好遇見向陽受傷，如果沒有她的幫忙，向陽可能到現在都還待在森林小屋等你，我們這裡也不會有人知道向陽受傷了。」

薇薇安小姐問向陽：「晴白有做什麼舉動，讓你覺得不舒服嗎？」

「她替我鋪床，扶我上床的時候，我以為會因為受傷被她侵犯，還有她拿走我的電話，卻不肯替我傳訊息告訴威利我受傷了，讓威利提前來照顧我。」我不敢相信，向陽竟然會這樣扭曲事情的經過？但也許不是扭曲，而是她一見到我的樣貌就先入為主了。

我的身材矮小，頭髮剃光，我有我自己的理由，我從不認定我屬於什麼性別，我希望自己像一棵蕨類，沒有性別，不需要生育，靠孢子就能傳播下一代。

「如果是你，就絕對懂我，也絕對不會評論我。」

威利繼續大聲咆哮：「是她故意把捕獸夾放在路徑上卻沒有標旗，想要傷害我，我的腳受重傷，就是她的傑作！」

郵局局長彷彿不想再談了，他從椅子上站起來：「威利先生，我們這座小鎮不流行陰謀論，如果你有什麼不滿意，很抱歉我們沒辦法給你什麼補償，等下庫克先生會送你到市中心的醫院，向陽小姐也該給醫生再檢查一下，我們還有自己的事情要忙。」然後郵局局長轉頭看見我站在窗外，他對我點頭示意。一下子整間店的客人都看見我了，他們知道我完全聽到他們剛剛在議論我什麼。我急著要走開，避開所有這些尷尬，但是薇薇安小姐跑出來抓住我：「晴白，不用擔心，我們不會讓外人傷害你。」

「為什麼呢？我知道自己沒有錯，但你們沒有義務保護我。」我不懂薇薇安小姐為什麼總是說一些我無法理解的話，包括：「這條商店街屬於晴白」之類的話。她看我不像情緒受影響的樣子，就放開我了。

「斯奈爾小姐說：『我們大家都喜歡交朋友，是不是？』」[11]

查拉圖斯特拉說：「女人的一切是個謎，同時也只有一個答案，那就是生育。」[12]

交朋友與生育這兩件事，都不是我擅長的事。現在我只想跟犬犬衝進森林狂奔，我們要在森林裡面奔跑，直到跑不動為止。

---

11 理查·葉慈（Richard Yates, 1926-1992）：《十一種孤獨·與陌生人同樂》（上海譯文出版社）。

12 尼采著，余鴻榮譯：《查拉圖斯特拉如是說·老婦與少婦》（志文出版社·新潮文庫）。

「如果你在，就不會讓別人議論我，你會站出來大聲抗辯，直到帶有惡意的人都走開！如果你在，我就不必在大雪封住森林，特別寒冷的時刻回到家鄉。但這幾天，我甚至懷疑這是我的家鄉嗎？為何這兩天發生的事情，讓我對這裡感到如此陌生？唯獨我的露台、我的書房讓我感到熟悉且安全，如果你還在，該有多好？」

你

當我想你的時候

「我的腦中總是想著你，那是一種非常非常愛你、明確的情感，想緊緊擁抱著你的感情，我知道自己深愛著你，但是卻完全想不起你的長相。你的面貌、身材、髮型、衣著，總是矇矓不清。

我望著遠遠的天空，那片白色像棉花糖的雲裡，是否有你？

或是遙遠的海平面，你是否就在海面那條邊際線的另一面？

但不管我怎麼想，你都不會變得清晰，也不會出現在我面前，我無邊無際地想，怎麼樣也無法將你變成現實，無論如何努力也不能擁抱住真實的你，我的心空虛地發狂，直到無法承受時，天空總會出現彩虹。

彩虹！那道美麗的彩虹，馬上填滿了我的心，我感到非常喜悅，喜悅到可以暫時忘記你，然後我終於可以開心的微笑。」

海邊的大浪沿著白色沙灘撲上岸，海浪一前一後此起彼落，就像一匹匹白馬前後競逐，春、秋天氣涼爽的季節，我可以坐在沙灘看一整天都不會膩。很可惜我不會游泳，因為小時候貪玩，初生之犢不怕大浪襲捲，看見大浪沖上來就往浪裡衝，結果被沿岸淺灘的漩渦捲進去，差點就消逝在這世界上了。那應該是發生在五、六歲的事情了，恐懼感至今都沒有克服，但喜愛大海的心情還是一直都在。

我跟犬犬常在海邊散步揀貝殼、堆沙堡，一人一犬在海灘上跑步，感覺連岸邊的海鷗跟海裡的魚都認識我們了。

今天我們已經在海邊玩一整個早上，下午該回公司做該做的事情了。先帶犬犬回家洗個澡，把身上的沙粒清乾淨。我的一頭長髮又直又粗，很難變出什麼花樣，頂多編個辮子，或是直接綁個馬尾，今天決定綁個馬尾好了。我把每次去海邊散步穿的黃色洋裝洗乾淨，掛在後院曬乾，然後穿上白色襯衫跟灰色緊身小喇叭八分褲，套上高跟鞋，背著紅色肩背包，手上提著電腦，把犬犬安置好，食盆裡放好他最愛的肉罐頭，水盆倒滿水，他低頭吃牛肉罐頭的時候，我就關上門去上班了。

我在父親開的蔬果貿易公司工作，母親早逝，我才五歲時，她就因為生病走了，所以對母親的記憶非常微弱，我跟母親的合照只有她穿著睡衣、面帶微笑、手裡抱著一個小女孩，那個眼睛無辜的小女孩就是我。

父親的公司規模不大，公司裡只有不到十個員工，處理蔬果貿易進出口的行政工作，不需要倉儲空間，蔬果從農場直接送到買家手中，完全是一種期貨商品或者是買空賣空的概念。但因為父親創業之前是水果農夫，所以他非常清楚蔬果市場走向貿易是如何運作，什麼季節先契作、採購什麼蔬果最划算，哪些區域或國家喜歡在什麼季節食用什麼蔬果，種種這些關於水果貿易的秘訣，他都教給了公司這些同事，我是其中之一，所以其實工作很愉快輕鬆，只要能把份內的工作處理好，精算每一季採購與獲利空間，偶而出差拜訪客戶與農場，基本上我的生活簡單愉快，有時候我覺得生活中除了少一位母親之外，簡直好到連我自己都不太相信。

我在公司輪值的時間是晚班，晚班從下午一點到晚上九點，因為有些產地時區剛好跟我們相反。公司業務部一共有五個人，我今天比查理晚到，晚班就我們兩人負責，早班的其他三人傍晚六點才下班。現在正在午餐時段，我幫查理倒杯咖啡，把我昨天晚上下班做的餅乾裝在甜點盤裡拿給他，他微笑著說：「這週又換花樣了，上週都是吃泡芙，我比較喜歡泡芙。」

「嗨嗨，有免費點心吃就該偷笑了，還敢挑惕！」我一邊笑他，一邊把另一盤餅乾遞給正在大餐桌上吃午餐的業務部同事，早班同事有薇薇安、庫克、麥可。

薇薇安是一位很善體人意的大姊姊，生活上的大事小事都可以跟她分享，她總是可以給我們一些很中肯的意見，薇薇安常叨唸我：「陽子，什麼時候找個男生好好談一場戀愛？總是這樣自己一個人，你爸爸也會擔心啊！」

我總是微笑以對，因為實在沒有什麼心情談戀愛，也一直沒有碰到那個人，總不能路上隨便找個人就愛吧？至今還沒有找到那位真命天子。偶而參加一些單身舞會，也沒有碰到什麼人可以讓我心動，甚至還被爸爸帶去相親，都沒什麼好結果，不是碰到貪吃的胖子，就是遇見想要一夕致富成為接掌公司經營的人，當然也有純情男，但總是少了一點什麼，所以我到現在都認為自己只要有犬犬陪著，不需要在生活中多一個人來增加心理負擔。

還有，我總覺得心中有個非常不確定，但自己才知道的祕密，我只想要自己一個人生活，加上犬犬的陪伴，我不想為了配合誰而生活，母親生下我還來不及看我長成美麗的女生就走了，那我就該活出最滿分的狀態，完全享受生命這份禮物，而不是花時間在「尋找」這個議題上，那太浪費時間了。

「波特先生，亞洲華南區這一季的荔枝品質不錯，我今年多採購了一些銷售到歐洲。」我聽見庫克先生在做下班前的電話業務報告。波特先生就是我父親，他平常很少進公司，因為他喜歡待在高緯度的地區，他喜歡高山森林、喜歡雪。電話那頭顯然他很滿意庫克先生的作法，因為我看見庫克先生笑容燦爛，大概波特先生在大力稱讚他。電話尾聲，庫克先生將電話轉給我：「陽子，波特先生要跟你講電話。」

「老爸，什麼事？」好幾個月沒見到他，聽見他的聲音就很開心。

「最近上班又常遲到？不要在海邊玩得太高興都忘記工作責任啦！」老爸開始訓話了。

「哎，我知道啦，是犬犬太貪玩了嘛！」我竟然把責任怪罪到我家的愛犬身上，自己都覺得好笑，邊講電話邊做鬼臉，庫克也在一邊偷笑。

「記得這一季關帳前要仔細核對，可以的話，也把帳本影印一份寄給我看看。」最後老爸終於提正事。

「好的，沒問題！那我掛電話了喔！」不趕快掛電話，等下老爸嘮叨的力度會再提升，從小我就是爸爸父兼母職帶大的，他對我的關心與操心從來沒少過，隨著時間增加，絲毫沒有減少。今天是這一季業績結算日，但是我們業務部約好了晚上大家一起下班去酒吧好好喝一杯，慶祝一下，因為這一季業績不錯。我問麥可先生，最近有沒有什麼新開的酒吧，食物好吃、酒又好喝、氣氛又輕鬆的？

他笑著回答我：「這麼多條件，那價格貴一點無所謂吧？是你要請客喔！」

「貴一點可以啊，但今年業績最好的是庫克，應該是他請客吧？」我把請客責任推到庫克那裡去。

「我請可以啊，但是你們每個人都要喝到醉了才能回家喔！」他又來了，最愛看大家醉倒的尷尬樣子，然後第二天進公司編成他最愛的笑話特輯。

「陽子，你今天早點下班跟他們一起去吃飯吧，我留守就不跟你們去喝了，因為今天我老婆要替我送便當來，她今天晚上剛好有空想陪我一起上晚班。」查理不好意思的眼神躲在厚重的眼鏡片下，我知道他很怕老婆，不！應該說他非常愛他的妻子，凡事以她為重，因為那可是他花了很長時間經營，才追到的妻子，何況他老婆現在懷孕了，更要隨時順著她的意思。我心裡想，也好，讓他們夫妻倆佔據整間辦公室，算是小倆口晚上的約會，沒有人會打擾。

「那好啊，我今天可以六點就下班啦，庫克，今天我們要來拼酒喔！」我向庫克下戰書，因為我的酒量與他的不相上下。今天要是有機會，我一定也要把他的糗事記下來。

六點鐘大家下班，剩下查理值班，我們約好八點在麥可指定的酒吧見面。我開著老爸送給我的小跑車快速飆回家，回到家就看到犬犬坐在客廳沙發上看電視，看見我只汪汪兩聲，也不跳下來迎接。可見平常我在上班時，他的日子可是過得很享福啊。

我走過去親親他，然後叨念他：「你也太享福了吧，竟然自己會開電視機，要是你也會開烤箱自己烤肉吃，我就不必擔心啦！」我猜他並沒全部聽懂，因為他不太理我，眼睛專注的看著卡通。我趕快打開他愛吃的狗罐頭，倒在大碗裡，再倒滿一整碗狗餅乾，還有水，犬犬今天水喝的倒是滿多的。我把狗餅乾拿到客廳地板中央，等下他看電視想休息，就可以跳下沙發吃狗餅乾，我心裡想自己真像犬犬的傭人，他才是一家之主呢！然後快速到穿衣間選了一件黑底花色小洋裝，把頭髮用電捲棒隨便弄了一下，擦上珊瑚紅顏色的口紅，套上平底織網繫帶涼鞋，隨便拿瓶老爸送的香水噴噴，經過客廳再親一下犬犬，他還是一樣對我敷衍了事，眼睛直盯盯著他愛的卡通節目，我關上門，開車飆往麥可指定的酒吧。

今晚涼風徐徐，天上的星星因為光害有點看不清楚，但天上的白雲卻被城市的燈光照得透明發亮，就像是懸在天花板上的日光燈。

麥可找的新酒吧，在一條巷子裡，我得先把車停在附近的停車場再走路過去。今天不是週末，但是酒吧聚集的幾條街跟週末一樣人潮挺多的，路上已經有那種喝過一輪全身酒氣的人群，彼此大聲來大聲去，喝多了控制不了舌頭，講話咬字也不清楚，但邊說話邊掛著笑聲，算是健康的酒客。我會盡量避開已經在路上推來推去的人群，有些人喝醉了就會打架鬧事。

酒精這種東西實在是奇怪的發現，常常心情快樂的時候想喝一點來發散歡樂之情；心情不好的時候也想喝一點，讓心情舒壓，解開壓抑的苦楚。

我找到麥可推薦的酒吧，這家酒吧有個好笑又奇怪的名字，叫做「你家的海邊」，我在心裡哈哈大笑，海邊還有誰家的？但是麥可說符合我指定的三大條件：食物好吃、酒好喝、氣氛又輕鬆。光看店名，就知道「氣氛輕鬆」的條件應該符合了，對於店名我還是在心裡大笑不止，一直進到店裡，看見吧台站著一位彪形大漢，留著大鬍子，起初有點嚇到，但是彪形大漢開口鄉音非常重：「美麗的小姊姊，歡迎光臨！」我終於壓抑不住，大笑出聲！然後麥可眼睛睜得大大的看著我，最後他也跟著笑了。大鬍子說：「不用客氣，盡量笑，在『你家的海邊』，就是要快樂啦！」我一聽到他說『你家的海邊』，就笑得更大聲，完全停不下來了。

這間酒吧的裝潢也很有趣，一進門就看見弧形大吧台在正中央，所以會感覺一進門就撞到吧台，然後在吧台點了酒以後，眼睛開始習慣裡面的環境，仔細一看，這間店還真大，吧台後面至少有二十張四人座小圓桌，在二十張桌子中間還有一個小舞台，有樂手正在表演。我跟麥可走進去，薇薇安跟庫克早就已經佔據其中一張靠近中央小舞台的桌子，正對我們搖搖手，叫我們過去。麥可問我們晚餐想要吃些什麼？

薇薇安問：「沒有菜單嗎？我今天想多來點肉類。」

「沒問題，大家想吃什麼就盡量說，只要廚師有材料，你們想點什麼都可以。」麥可先生回答得好像他經常來這間酒吧，已經熟門熟路了。

「難道這間酒吧有高級無菜單料理？」庫克調侃的問麥可。

「倒不是，因為我跟廚師是小時候就認識的好朋友，既然同事們來了，當然要請他做些特別的食物來啊！」麥可得意的把下巴翹起來，兩隻手誇張的比手畫腳，難得見他這麼興高采烈。

「那我要吃烤玉米！」庫克指定一道最平常的餐點。

「麥可，我想吃蔬食料理，廚師會有食材嗎？」我也想出個難題給麥可的廚師朋友，反正好玩，如果廚師手藝真的很好，就可以吃到很好吃的蔬食料理啦！

「就算沒有食材，也要讓他想辦法變出來啊！你們先喝酒，稍等一下，我去廚房交代，等下就替大家端美食出來。」說完興高采烈的快步走進餐廳廚房，我們其他人則繼續喝酒，聆聽現場演奏。

中央小舞台正在演奏包伯狄倫[13]、披頭四[14]的幾首著名歌曲，我們幾個人跟著哼唱，都是一群年輕時聽包伯狄倫長大的人，還有雋永的披頭四，任何時代的人都能輕易進入歌曲核心，走進樂聲中。

這時舞台中央的歌手正在自彈自唱包伯狄倫著名的歌曲〈blowing in the wind〉，但他的聲音清亮，跟包伯迪倫沙啞滄桑的聲音不同，不過聽起來卻別有一種風味。

我特別喜歡第一段歌詞，因為學唱歌總是只背得出第一段。

How many roads must a man walk down
Before you call him a man?

---

13 包伯狄倫（Bob Dylan, 1941.5.24），2016年更獲得諾貝爾文學獎。多才多藝音樂人，還出過多本畫冊。是西方民權代表性的音樂人。

14 披頭四（The Beatles）是1960年組成的英國搖滾樂團，在華語地區也有翻譯為「甲殼蟲樂隊」。被當時年輕人視為反文化運動理想的化身，為流行樂帶來一股風潮。1970年解散。

How many seas must a white dove sail
Before she sleeps in the sand?
Yes, 'n' how many times must the cannon balls fly
Before they're forever banned?
The answer, my friend, is blowing in the wind
The answer is blowing in the wind

我聽得出神，薇薇安湊到我耳朵旁邊來說：「哎，陽子，這男歌手聲音很銷魂耶，等下要不要讓麥可找他到我們這桌一起吃飯，我覺得他應該是位很浪漫的人。」說完自顧自笑得呵呵不停。

我知道她又想幫我湊合一對，真是多事。

「薇薇安，可以喔，你要好好把握機會啊！」我皮笑肉不笑的回答她。

「哎呦，我才不喜歡這麼年輕的人，我家親愛的會吃醋。」

「你今天怎麼沒找你家親愛的一起來，他自己在家會弄晚餐嗎？」換我替她擔心了。薇薇安跟我口中的「親愛的」，是她的兒子。丈夫早逝，剩下她與兒子兩人相依為命，除了公事跟我的事以外，她所有的精神心力，就是放在兒子身上了。兒子還沒成年，雖然青少年是應該會照顧自己，但是自己做晚餐應該還是有點難度。

「放心，我事先煮了一鍋湯在家。他烤片麵包就可以晚餐了。」聊到這，麥可端著我們點的食物來了。

「薇薇安，你今天想吃肉，廚師朋友特別幫你做了一道紅酒燉兔肉。」麥可打開小燉鍋，香噴噴的味道瀰漫整張桌子，大家口水直流，四把叉子直接搶進鍋子，一人一塊兔肉，美味極了，調酒也不喝了，直接又加了好幾瓶啤酒。庫克點的烤玉米，則是塗滿了私房醬料，太美味了，烤玉米都可以料理出意想不到的美味，一人一小段根本不夠吃啊，我點的蔬食料理裡面加滿了酪梨跟鮮蝦，還有蘋果、鳳梨、藜麥，各種健康甜美的食材混在一起，大家一人一小盤，一邊吃著美食，心情不自覺的就大好起來。

「麥可，你那位廚師朋友真是太神奇了，做他吃的菜竟然會開心到整個人好像要飛起來了。」我大大稱讚麥可的廚師朋友，其實也等於在稱讚他慧眼識英雄啊！

「我去請他來見見大家。」麥可跟廚師朋友一起出來，原來是位壯碩的女廚師，因為廚師大部分是男人，我們一直以為從廚房出現的廚師應該是位男性，很少餐廳主廚有女廚師。

「容我跟大家介紹，我的未婚妻，艾咪！」麥可面露得意的表情，嘴角笑開彎到天邊去了。

艾咪是一位身材非常肥胖、臉上有道刀疤，但笑容甜美的女性，我擁抱她時感覺到她的身上有種溫熱，是我從來沒有感受過的，那樣的溫熱甚至可以穿透身體，振動許久。或許有非常溫暖的心，才做得出令人吃了非常開心的餐點吧！

艾咪與麥可兩人在外型上天差地別，我們家的麥可是位真正十足斯文的帥哥，談話溫文儒雅，很多水果大盤商都是他的粉絲，有這些女客戶撐腰，他的業績一直是公司第一名。但沒想到，人跟人之間的緣分就是這麼奇妙，有些人就是不在意彼此的外表，全憑著兩顆相知相繫的心，看著麥可、艾咪這一對，我好羨慕。因為我總是找不到那個可以讓我動心的靈魂。

正餐吃完，艾咪幫我們上了一道令人驚豔的甜點，超大塊的鳳梨米布丁千層派鋪滿了小圓桌，我們只能在桌沿放啤酒了，這道甜點就是做來繼續配啤酒的，換成清淡的檸檬啤酒，我們一邊用湯匙挖千層派，一邊喝著檸檬啤酒，美味食物配上好聽的音樂，加上幾位好友，幸福感滿級分啊！

然後，你！出現了！

你出現在中央小舞台，背起吉他開始自彈自唱，你跟保羅麥卡尼[15]一樣

15 保羅麥卡尼（Sir James Paul McCartney，1942.6.18），披頭四的主唱之一，也包辦作曲作詞，金氏世界紀錄定位麥卡尼為「有史以來最為成功的作曲家及唱片藝人」，擁有60張金唱片，還擁有43支銷量過億的單曲。

是左撇子，右手勾著吉他，左手撥弦。你邊搖晃你的頭，一邊臉部表情看起來很用力的唱著披頭四的〈Work it out〉。小舞台燈光有點昏暗，我看不太清楚你的長相，但可以看得出來五官對稱端正，尤其是我被你的歌聲迷住了。怎麼會這麼狂野又這麼嘹亮，喉音帶點沙啞，卻又能唱出帶著磁性的中高音。而且你把這段歌詞詮釋得太完美了，我彷彿看見你的心靈深處，正在尋求別人認同，你多麼希望每一個人都能平等的被對待。

「Life is very short, and there's no time
For fussing and fighting, my friend
I have always thought that it's a crime
So I will ask you once again
Try to see it my way」[16]

16 披頭四歌曲〈We can work it out〉的副歌，歌詞是John Lennon寫的。

你一連唱了五首歌，分別是披頭四的〈Work it out〉、約翰藍儂的〈Beautiful boy〉、大衛鮑伊[17]的〈Space oddity〉、保羅麥卡尼的〈Silly love song〉、約翰藍儂的〈Nobody tell me〉、喬治哈里遜[18]的〈My sweet Lord〉，唱完台下聽眾瘋狂鼓掌，要求安可曲。我深深受到你的儀態吸引，尤其是左手彈吉他的姿勢，你所選的歌曲都是大家喜愛、百聽不厭的歌。你唱大衛鮑伊的〈Space oddity〉時，我的耳朵處在很緊張的狀態，因為只有一把電吉他就要詮釋好這首歌真的難度很高啊。最後你在舞台中央，靦腆地答應再唱一首安可曲，你選了包伯狄倫的〈If not for you〉，台下聽眾又瘋狂了，這首歌是包伯狄倫寫的，但保羅麥卡尼很喜歡這首歌，兩人還曾經合唱過。我喜歡你選的每一首歌。然後大家聽得很開心，又多喝了好幾打啤酒。我們舉起啤酒，一起敬麥可。

17 大衛鮑伊（David Bowie, 1947.1.8-2016.1.10），英國搖滾音樂家，流行音樂六十幾年來最重要的音樂家之一。

18 喬治哈里遜（George Harrison, 1943.2.25-2001.11.29），披頭四樂團主音吉他手的身分全球知名。

「麥可，這次你找到的酒吧真是太優秀了，以後我們聚餐就都來這家就好啦，不用到處嚐鮮探點了。」庫克很真誠的對麥可說話，聽得我跟薇薇安都不習慣。

「但是麥可，店名『你家的海邊』到底是誰取的店名啊？真的很不習慣！」薇薇安一說完，我就跟著大笑起來，這間店名真的很好笑啊，聽到店名就一點也無法壓抑住想笑的衝動。

「不要笑太大聲，聽說是這家店老闆取的，他是在地老大，他們家在東岸那片海邊，他希望把小時候在海邊成長的快樂喜悅放送給每一位到酒吧消費的客人啊！」麥可頭頭是道的說著，這時候艾咪又端來一大盤水果，她說甜點吃完了，該吃點水果。

那又是一大盤驚人的水果切片，西瓜、鳳梨、芭樂、蘋果、香蕉、奇異果、葡萄、木瓜、西洋梨、百香果、哈密瓜，數一數共用了十二種水果，這下該換喝點調酒來配水果了！大鬍子吧台幫我們端來十二杯調酒，各三種一人一杯，他說都是配合水果盤喝的水果調酒，叫我們盡量喝，今天看在艾咪的份上，他請客！

「這怎麼行，你會被老闆罵啦！」麥可追著他跑去吧台付酒錢，然後再氣喘吁吁的回來。一來一往，大概口渴了，即使是調酒也喝得超快，把酒精濃度比啤酒還高的調酒當水喝，喝完第二杯就開始大舌頭，有點喝醉了。然後麥可又晃進廚房找艾咪，大概是在廚房太吵了，我們這一桌正興高采烈的聊天，我的眼睛卻可以隨時偵測到你，遠遠看見你從廚房拉著麥可出來，一路拉到我們這裡來。

你頂著一個光頭，眼妝畫得很濃，但口紅卻選擇塗上淡淡的粉紅。你還穿著舞台上的衣服，緊身皮褲配上黑色高靴，上衣則是一件絲質長版綠色襯衫。

原來，舞台上朦朧的你，是位女生。你從廚房拉著麥可走過來那短短一、二分鐘，我的眼睛完全離不開你，因為你太吸引我了。你身材高大，站在舞台中央，五官輪廓對稱，彈著電吉他唱歌的樣子，遠遠看完全是個男生，但下了舞台，當你走近我們時，才終於看清楚，你是位女生，而且一如你在舞臺上唱歌的樣子，魅力十足。

不知為何，我馬上在心裡對自己說：「我就要有個心靈相契的朋友了！」

「把麥可還給你們，他實在太黏人了，艾咪又還沒下班！廚房裡現在忙得很！」你的聲音跟在舞台上一樣，帶點磁性、性感的可以讓人全身振動。我對著你傻笑，我從沒想過自己平常鬼靈精怪的個性，碰見你就完全凍住了，完全像個傻子，連商業上機巧善變的打招呼都不會了。

「嗨！你就是剛才那位主唱，唱得真棒！我叫薇薇安，幸會！」薇薇安先開口自我介紹。

「我叫晴白，大家好。」你自我介紹，你的名字那麼富有詩意，簡直就是一首詩。

「我叫庫克！一起喝一杯？」庫克主動伸出手跟你握手。然後庫克撞撞我，提醒我自我介紹。

「嗨，你好，我叫陽子。」我趕快自我介紹，但我發現自己整張臉發熱，即使沒有照鏡子我都知道自己肯定是臉紅了，我害羞了。

你銳利的眼睛看著我，我不知道自己的視線該移往何處，然後你說：「為了陽子，我願意在工作時間陪你們喝一杯。」大家笑了，我隱約感覺薇薇安捏著我的臉說：「看吧，我們家陽子就是有這種獨特魅力！」

然後大家開始聊天，但是聊什麼我完全接不上話，也完全不記得了，我只記得自己的心跳劇烈，彷彿經歷一次與眾不同的心靈之旅，就這樣一個晚上，同事歡樂聚會的晚上，我知道我找到自己的某條道路，某條我該踏上卻一直壓抑自己的道路。然後在人群轟隆隆的聊天聲中，我哭了！在我的心裡，大聲痛哭！

金剛經：「過去心不可得，現在心不可得，未來心不可得。」

犬犬已經在床邊叫了我很多次，但是我起不來，昨天晚上喝了多少？怎麼回到家的？我彷彿失憶般完全不記得了。在床上躺了很久，我腦中還在播放昨天晚上你站在舞台上唱歌的畫面，還有你走過來的身影，你說話、喝酒的身影、你銳利的眼神。慢慢坐起身、下床，我心不在焉的幫犬犬在食盆裡倒滿狗餅乾、水盆裡倒滿水，然後自己端杯咖啡坐在面向海灘的前廊上，心神散漫，但大腦轟轟作響，我靜不下來，但我的上班時間快到了。

被事情拉著身體走，我必須做我該做的事。從前廊起身，我化妝、穿上平常上班穿的套裝，我親吻犬犬，我開車出門，我好像正常的在做日常之事，但我清楚我的心空了一大塊，像一個沒有靈魂的空殼子在移動。我那想做一棵植物的堅持，已經完全崩解。我這移動的空殼，開著爸爸買給我的跑車進城，我甚至想甩掉那輛車在大馬路上奔跑，我想對著天空吶喊：「為什麼呢？為什麼你要出現呢？為什麼？」

我希望我一輩子的陪伴就是犬犬，我不要打開那一扇門，我不想讓自己的生活陷入只繞著你轉的情境，但現在看來是無法避免了，只一個晚上，我的心就被你帶走了。

下午一點準時進公司，早班的人還在午餐，我闖進自己的辦公座位，戴著墨鏡，我不希望別人看見我的表情，同時我現在最怕薇薇安來關心我或詢問我的狀況。我知道隔壁座位的庫克已經在盯著我看。但他跟我有一種默契，我不說話，他不開口。

查理人還沒到，難得他遲到了。我把電腦打開，客戶下的訂單已經進來，這一季歐洲的熱帶水果採購量很大，因為今年夏季特別熱，天氣熱就特別想吃水果或水果加工製品。我一邊處理訂單，一邊把耳機戴上打開音樂。這只是日常工作的一般行為，但是有時候，只是一個平常的小動作，就可能改變一整場人生計畫，只因為耳機裡飄來的音樂是你昨晚演唱的〈Work it out〉，我全身便像灌滿電流，我顫抖、哭泣，沒有辦法繼續今天的工作。

我衝出辦公室，開著我的車到處亂逛，我想讓我的眼淚流乾淨。我以為，眼淚流乾淨就沒事了，我就能再度回復平日的我，但沒有，我的眼淚乾了，但依然心煩意亂！

我順從我的心，我把車開進「你家的海邊」旁邊的停車場，我小跑步衝進酒吧，我看見你在舞台中央預演今天晚上的演唱，我走到小舞台前面盯著你，你走下來，銳利的眼神看著我，雙手分別搭著我的左右肩膀，你說：「我也正在想你，我了解你。」我又哭了，你緊緊抱著我：「別哭了，你應該高興才對！」

如果這是一場不回頭的旅程，我願意！金剛經裡有句經文：「過去心不可得，現在心不可得，未來心不可得。」我放不下一切，也許就撿起現在這顆心吧！反正撿起來的心，本來不是應得的，所以就算握不住、失去了，那麼從頭到尾其實都沒有得到過，不是嗎？

今天開始，我決定要跟著你，走上攜手同心的道路，如果做不回植物，
那麼就讓我的心融化在你的心裡吧！

雨季

這座城市的雨季來了，一整天、一整週、一整個月都在下雨。清晨小雨，犬犬在海邊奔跑，我跟你撐著傘在雨中散步。海浪一波波襲來，你拉著我的手跑步，我們可以在長長的沙灘上遊蕩一整個早上，或者你拉著我的手並排騎著單車，在濱海公路的自行車道上慢速前行，雨水打在我們兩人的臉上，我們一起感受雨水的芬芳與清新。或者我圈著你，跟著重型機車隊騎行城鎮一圈超過四個小時以上，卻一點也不累。一群重型機車車隊發動時的引擎聲，轟隆隆劃破天際，總讓我有隨時準備要出發去流浪的心情，而那樣的流浪不是去到他鄉，而是有種騎進宇宙中的某個時空，或是騎往某個人的心中，那種難以言喻的心情，或許這也是你從年少時代就迷上重型機車的原因，而現在，有我陪伴著你，或者該說，有你陪伴著我，讓我挖出沉沒在心底許久的期待。

晚上你在酒吧工作演唱，我在台下跟麥可聊天，吃艾咪為我們準備的美味食物，我們走到哪裡都在一起，彷彿我們是天生的雙胞胎。只有我進公司工作的時候，你會與犬犬相伴，一起在家門前廊彈吉他或者在酒吧預演，我們兩人一犬，彷彿是一個完整的圓，世界因為我們而轉。我們的心充滿愛，兩顆心沒有空隙，塞得滿滿的，每一天都是最美的一天。

如果你問我，還想再做回一棵植物嗎？「當然不！」這會是我的答案。自從你找到我，或者說我找到你，我就打開那扇壓抑關閉許久的門，我不需要再告訴自己，做一棵植物就好。

爸爸至今仍不知道我在熱戀中，薇薇安很體貼的為我們保密，庫克常常為我倆帶來好喝的水果酒，他說是他自己釀的。有時候我們的重型機車壞了，是庫克幫我們修理好的，也才知道原來庫克是被水果業務耽誤的修車好手。

雨季是最常看見彩虹的季節，常常在海邊散步時，小雨暫停，太陽光便淺淺的在遠方映照出美麗的彩虹。我穿著我去海邊散步的黃色小洋裝，在海邊迎著彩虹的方向奔跑，你跟犬犬在後面一前一後一邊轉圈圈一邊奔跑，你愛犬犬就像你愛我一樣，你總是陪伴犬犬玩耍，然後再快速奔跑到我身旁，你告訴我從後面看我奔跑的樣子，長髮飄逸、黃色洋裝裙擺隨風飄蕩，你覺得我是世界上最美的女人，連背影都那麼美！然後你深情吻我，那一刻，你就是我、我就是你！

〈Look at me〉

Who am I supposed to be?

Who am I supposed to be?
Look at me
What am I supposed to be?
What am I supposed to be?
Look at me
Oh my love, oh my love
Here I am
What am I supposed to do?
What am I supposed to do?
Here I am
What can I do for you?
What can I do for you?
Here I am

Oh my love oh my love
Oh my love
Look at me
Oh, please look at me
My love
Here I am
Oh my love
Who am I?
Nobody knows but me
Nobody knows but me
Who am I?
Nobody else can see
Just you and me

Who are we?

Oh my love, oh my love

Oh my love[19]

你常在酒吧裡唱這首歌〈Look at me〉給我聽，你說：「這是我借花獻佛送給你的歌！」我覺得這世界上再也沒有其他人了，彷彿整個地球就剩下我跟你還有犬犬。

從來沒有那麼喜歡雨季，但自從遇見你，我開始喜歡雨季了，雨季是多麼美麗的季節，彷彿從我出生以來，我就喜歡雨季一般。你說：「我跟你一樣喜歡上雨季了。」你說在你認識我之前，沒有季節，只有室內與室外，因為你都在酒吧裡練歌或唱歌，季節對於你來說，只是一個名詞。

我們在大雨滂礴的假期，一起騎著重型機車到處找理想的露營區露營，

---

19 作詞／作曲：John Winston Lennon。

夜晚營火溫暖閃耀的火光，伴著你的吉他彈奏聲，我的臉被營火映照著紅通通的，你笑我像一朵紅色的日日春，我說我應該是一朵玫瑰才對。然後我跟犬犬繞著營火配著你的吉他樂聲跳舞，像兩個會耍魔法的小精靈，對著你又抱又吻。或者我們一起去攀岩場攀岩，犬犬緊張的在下面汪汪叫，然後你先完成，急著從頂端盪下來，抱著犬犬讓他安心，我愛你的溫柔內心。這個雨季下的雨，彷彿是陽光燦爛下的簾幕，裡面還藏著彩虹，我覺得雨中充滿糖液，滋味甜甜蜜蜜。

然後你告訴我，你曾經喜歡上一個女孩，在你還沒開始演唱事業之前，你在音樂學校遇見她，她叫做茉莉。跟我一樣有著一頭黑色的長髮，起先你只是個喜歡音樂的女生，留著一頭短髮，總是騎著重型機車去學校，然後你愛上電吉他，不管是作曲、寫歌、演場，全都以電吉他為主要樂器。

茉莉愛上你的電吉他，愛上你騎重型機車的模樣，但她並不了解自己，她以閨蜜之愛對待你，直到某一天你們擁抱、親吻，然後她嚇到自己了。是什麼樣的生長環境，讓我們到很晚的時候才了解自己，或者說解開壓抑的自己？

「那麼，為什麼你們最後卻沒有在一起呢？」我好奇的追問。

「她躲起來，她躲避自己的全部，出家當尼姑去了！」最後那一句你當作開玩笑的話語笑著回我，然後緊緊抱住我。我的心感到一點點刺痛，現在我知道，為何你總是把長出來的頭髮剃掉，因為在你心裡的某一部分，還是住著那位小小的茉莉。

第二天，我在家裡替你插上一盆茉莉，你的心就是我的心，即使你心裡還住著茉莉，那表示我心裡也應該要住著茉莉，為你插上一盆茉莉花，是我能為你做的事。

然後那天晚上，你在酒吧唱了一首〈小小茉莉〉的歌，是你自己寫的歌。

「你總是夜晚開花，
白天醒來，我才能見到你盛開的樣子。
你總是夜晚開花，
白天醒來，我才能剛好聞到你的花香。
你總是夜晚開花，
你總是夜晚開花。

你等到夏季開花，
因為夏季，才有你最喜歡的七彩陽光。
你等到夏季開花，
因為夏季，才能與夏蟬們的一起吟唱。
你等到夏季開花，
你等到夏季開花。

你等到夏季開花，你總是夜晚開花，
我等你等到夏季，但我看不見你開花。
你等到夏季開花，你總是夜晚開花，
我等你等到夏季，但我看不見你開花。」

我跟查理、庫克、薇薇安在台下的小圓桌，與艾咪一起聽你唱歌，我又在心裡哭了，因為只有我明白你在唱什麼，唱給誰聽。

但就像你對我說過的話：「我瞭解你。」我現在也瞭解你了，你的茉莉就是我的茉莉，我與你同心、同步，正如金剛經裡的經文：「過去心不可得，現在心不可得，未來心不可得。」

過去得不到的，就讓我們一起留在心中，等到它慢慢逝去，我們不知道未來會如何，但是我知道，現在我正愛著你，如果你快樂、你需要釋放你的過去，那我就站在你身邊與你一起面對。

你唱完，台下掌聲如雷，庫克大喊：「安可、安可。」

但你走下來，緊緊抱住我，對我說：「謝謝你，我愛你。」

我真的哭了，我親吻你，我流著歡喜的眼淚，我很確定，我們兩人的心是一個圓，一個完整交融的同心圓。

然後爸爸知道我跟晴白的事情了，越想隱藏的事情就越容易被發現，不是嗎？爸爸是從查理那裡聽說的，查理是個天生不會說謊的人，就這樣，爸爸大老遠從高緯度的寒冷國家飛來這裡，一進公司就大吵著這座城市實在是太熱了，要祕書快去幫他找水果冰來吃。

他坐在他的辦公室那張大長方形辦公桌後面的那張高背旋轉辦公椅上轉圈圈，我爸是位頑童，長相卻非常嚴肅，留著一叢濃密的落腮鬍，不笑的時候，不了解他的人根本不敢靠近他。今天一進公司，薇薇安就跟我使眼色，我心裡一震：「天啊，老爸來了！」

以前爸爸來，他一定會先通知我，叫我去機場接他，然後把時間讓給我好好撒嬌，第二天再進公司。但這一次，顯然他有什麼重要的事情要處理，否則行為不會這樣脫離常軌。而我最擔心的事情，就是他知道我跟晴白的事，我猜不到他會如何反應，如果猜得到，就好辦多了，但他可是性情古怪、聰明過頂的人，如果他想刻意隱瞞什麼，或者要做些什麼佈局，心裡想的事情跟表面表現出來的樣子，可以完全不同。

我把這一季財務報表準備好，穩住心裡的動蕩不安，慢慢踱進他的辦公室。

「嗨，老爸，好久不見了，怎麼都沒通知一聲就來了？」我不知道自己隱藏得好不好，有沒有任何透露出蛛絲馬跡的表情。

爸爸正在辦公室誇張的播放馬勒的悲傷交響曲，眼睛半閉著搖頭晃腦似乎很陶醉，然後他張開眼睛，站起來伸出雙臂擁抱我，「我親愛的女兒，聽說你談戀愛了喔？今天晚上就帶來給爸爸鑑定一下。」我推開爸爸，不清楚他到底了解多少實際狀況，但我還是答應他，然後開始很認真的報告這一季的公司收益。

感覺有一世紀那麼長，終於從老爸的辦公室逃出來，我立刻逼問查理，到底他告訴爸爸多少事情，我必須先瞭解軍情，才知道晚上怎麼應對。查理摸摸頭，很無辜的告訴我：「只說你正在談戀愛，所以晚班偶而會請假！因為那天波特先生突然晚上八點多打電話來，你又剛好不在。」

其實知道這樣的軍情對事情沒有多大幫助，因為晴白對於爸爸來說，不是普通的人，今天晚上我有一場硬戰要打了。但我決定不安排特別的晚餐會面，就直接帶爸爸去酒吧好了，讓他看看在舞台上的晴白，也許這樣他就能理解他的女兒迷戀上什麼了。

還不到晚班下班時間，爸爸就急著催我下班，要我帶他去見我熱戀中的人。心情忐忑不安，我開車載爸爸往市區最熱鬧的酒吧街區走。

他問：「你男朋友住在這麼複雜的地方？」我無奈的看看爸爸：「我們

現在住在一起，這是他工作的地方。」

「他在酒吧區工作？還是他是哪間酒吧老闆？」我沒有回答他，把車開進「你家的海邊」旁邊的停車場。

「走吧，爸爸，這是一間很棒的酒吧喔！」我挽著爸爸的手走進「你家的海邊」。他看見店名，也哈哈笑了起來，我們父女的笑點都很低。

「海邊也有你家的，太有趣了。」酒吧一進門撞見的巨大吧台讓他頻頻點頭，顯然很同意這是聰明的吧台安排，然後我帶他坐進舞台第一排正中間的小圓桌。麥可還沒有來，他還在公司忙下一季的訂單。服務生替我跟爸爸點了今日主廚推薦套餐，還有兩杯吧台推薦調酒。你的主秀還沒開始，現在是其他的吉他手在表演。

「你男朋友什麼時候會出現，你沒有告訴他未來岳父已經到了？」爸爸皮笑肉不笑的問我。

「他應該已經到了，這是幫爸爸安排的驚喜喔！」我俏皮地回答，但我希望等下你上台表演時，爸爸得到的驚喜是歡喜，而不是驚嚇！不過我事先什麼都沒有告訴你，我不希望你心裡有任何負擔，我只要你像平常在舞台上表演時一樣發光發熱就好，不需要有任何壓力。

今天的主廚推薦套餐是艾咪拿手的燉兔肉，配上吧台大鬍子先生調製的水果氣泡白酒。爸爸很滿意燉兔肉，一直跟服務生說要請主廚把食譜給他，他回家也可以自己做來吃。服務生拗不過爸爸的要求，將艾咪請出來，艾咪知道他是我的爸爸後，馬上同意釋放出食譜：「波特先生，陽子爸爸的要求，我當然要滿足喔！」說完跟爸爸握手，我在旁邊偷偷告訴爸爸：「她是麥可的未婚妻喔！」爸爸嘴角笑開來：「麥可的未婚妻？那太好了，以後我們都有口福了，所以這裡以後就是我們公司的家庭餐廳了，是不是啊！」艾咪臉頰泛紅，開心傻笑的頻頻點頭。氣氛看似輕鬆，但我現在非常緊張，等你上台表演，才是今晚的重頭戲。

熱場的吉他手表演結束，舞台燈光變了，一道光束打在舞台正中央，你今天穿著肩膀有流蘇的印地安式咖啡色襯衫，下半身配緊身皮褲、黑色長靴。你左手彈著電吉他，一開場就魅力十足的唱了一首洛．史都華[20]的〈Maggie May〉[21]，用你自己的方式，把洛．史都華的英式搖滾樂曲再加上一點重金屬的調調。我看著爸爸的表情，他邊聽邊搖晃身體兼打拍子，顯然很喜歡你的表演方式，我稍微有點定下心來。

「你男朋友還沒有到嗎？」爸爸有點不高興地問我。

「再等一下，等下他就有空了！」我只能這樣回覆爸爸。

然後你又唱了自己寫的歌〈小小茉莉〉、披頭四的〈Look at me〉。你唱〈Look at me〉的時候一直對著我深情款款，但我今天心情緊張，完全無法跟上你的深情雙眼。接著你唱了我們一起出門騎重型機車時常播放的歌，

20 洛．史都華出生於英國倫敦，受封英國爵士，自稱「蘇格蘭搖滾樂歌手」（Sir Roderick David Stewart，1945.1.10）。

21 〈Maggie May〉作詞／作曲：Martin Quittenton／Roderick Stewart。

THE DOORS[22]的〈Riders on the storm〉[23]。吉他抱在右肩，左手撥著和弦，你彈電吉他的姿態一直都深深吸引著我，今天也一樣。你唱的每一首歌都充滿感情，我專心聽你唱歌，但還要注意爸爸的表情，心亂如麻，你在台上看著我跟爸爸坐在一起，其實心裡應該隱約明白下了舞台要面對的事情是什麼。

今天的五首歌唱完了，你先回到休息室去了，不像平常演唱完總會先走下舞台擁抱我，過了一會兒你換了一件短袖純白色棉衫出來，走向我們，然後神情自若的伸出手跟爸爸握手。

「伯父好！我叫晴白，幸會！」你今晚戴著一長串珍珠耳環，大眼睛黏著假睫毛，塗上咖啡金眼影、大紅色口紅，那是為了配合剛剛在舞台上穿的印地安襯衫，整個人看起來很嫵媚。

---

22 THE DOORS樂團，美國搖滾樂團1965年成立於洛杉磯，1993年進入搖滾名人堂。

23 〈Riders on the storm〉作曲、詞：Densmore、Krieger、Manzarek、Morrison。

「爸，晴白就是我男朋友！」我弱弱的聲音從口中發出，爸爸慢慢地回過頭看著我，臉上沒有表情，我看不出他的情緒。他伸出手跟你握手，然後微笑。他邀請你一起坐下，我們三人一起用餐，今天沒有其他人再敢加入我們的小圓桌，我遠遠看見麥可偷偷鑽進廚房，整個晚上再也沒有出現。

我看不出爸爸的表情，他維持了基本的禮貌，但他平日對我的幽默不見了。然後他說要早點離開，明天公司還有重要事情要處理，他得一大早到達公司，這次回來就是為了處理那件麻煩事。

走之前，爸爸抱抱我、拍拍我的背，然後再度跟你握手：「暫時將女兒交給你，請好好照顧她。」然後爸爸對我說：「我搭計程車回去，不用擔心老爸！」我看著爸爸健美的背影，慢慢消逝在大吧台後面。爸爸一直是愛美的男子，每天都花充足的時間健身，我們父女倆走在一起，外人常會誤以為我們是兄妹，很少會聯想到我們是父女。

爸爸離開酒吧，我鬆了一口氣，一下子像洩了氣的皮球，我身體軟爛的直接靠在你身上撒嬌。

「要叫瓶啤酒來喝嗎？我肚子好餓喔，想吃一大塊牛排跟超大塊麵包。」才說完服務生已經把食物送到桌上了。我高興的抱著你：「你太瞭解我、又太寵我了！」我不顧酒吧裡人潮眾多，直接拉著你深吻。

我覺得自己太幸福了，幸福到害怕這一切只是一場夢。如果只是一場夢，也許我一開始就該維持自己是一棵植物的心情，但我知道自己必須甩開這些想法，因為愛情既然來了，就該勇敢迎接吧！

爸爸說這次來有很重要的事情要處理，但我不明白是什麼事，因為公司運作一切正常，並沒有碰到什麼複雜的狀況，所以我實在猜不到爸爸是要處理什麼緊急麻煩的事情。今天肯定是要早點去公司打卡的，一大早我就起床換上每次去海灘穿的黃色洋裝，帶著犬犬到海邊散步。你曾經問過我：「為什麼每次到海邊遛犬犬都要換上這件洋裝？」

因為這件洋裝是母親的衣服，爸爸告訴我這是母親走前最後一天帶著我在海灘上散步穿的洋裝，媽媽穿著這件洋裝站在沙灘上拍的照片就放在爸爸辦公室的桌上。每次到海邊換上這件洋裝，都能讓我有與母親緊密聯繫的感受，加上犬犬的陪伴，繁忙的一天這樣開始，可以讓我心情平靜，感覺人生仍然充滿希望。

跟犬犬海邊散步結束趕回家，我正要換裝，你說：「今天穿騎行服去上班，我今天休假，我們下班就直接出發，因為今天有一些騎重型機車的老朋友特別來找我。」

「我的一切以你為依歸」我在心裡說著這句話，微笑面對你點頭同意，所以把已經穿上的短裙又換下來，換上皮褲、馬靴。但上半身我還是穿著長袖白襯衫，只是襯衫裡多穿了一件繡滿亮片的短袖T恤。

「是哪裡來的朋友，以前沒有聽你提過。騎行重型機車有什麼特別的朋友？」我好奇的問晴白。

「是我讀大學時一起騎重型機車的好朋友，我們在同一個車隊，已經很久很久沒見面了呢，今天剛好帶他們環城一圈。」你表情興奮的比手畫腳。我抱抱你、親吻你，然後摸摸犬犬的頭，愉快的開著小跑車出門上班了。

我今天要一早趕去公司，我希望比爸爸還早進辦公室，這樣也許可以提前發現爸爸到底要處理什麼麻煩的事情，我想替爸爸多分擔一些煩惱。

公司裡還沒有人來上班，我把咖啡煮好，打電話請助理進公司前去爸爸最愛的早餐店買好牛油果藜麥沙拉、剛出爐的麵包。先把早餐放在爸爸辦公桌上，替他安排好早餐，讓我覺得很有成就感。

爸爸每次出差到這裡辦公，都住在山上的別墅，通常我不會去跟他一起住，因為我不想打擾爸爸跟他眾多女朋友的親密生活。但是一直等到中午，他都沒有進公司。

薇薇安看著早餐放到中午都不新鮮了，她自告奮勇要消化它們，我笑笑：「你就會選好吃的東西吃。」

「但是波特先生昨天已經跟你討論過帳務了，今天還有什麼特別的事情，需要一大早進公司的嗎？結果到現在他也還沒進公司啊？」她的疑問也同時是我心中的疑問。

通常爸爸出差來這裡，都是一天就把事情做完了，其他時間都跟女朋友到處遊玩，把這裡當作度假島嶼，完全不是來工作的概念。

「我也不清楚他老人家心裡的盤算，就乖乖在辦公室等等看囉。」然後晚班的查理也進公司了，我問查理：「知道波特先生還有什麼重要的事情要做嗎？」早班的人不清楚爸爸要忙什麼重要的事，或許晚班的查理會知道。

「我不知道啊？會有什麼重要的事情嗎？下一季櫻桃的單子也都沒問題了，還會有什麼狀況呢？」顯然查理也不清楚。公司業務部五個人聚在平常午餐吃飯的大桌，都在猜到底是什麼重要的事？難道爸爸想擴張什麼事業嗎？大家東一句、西一句胡亂聊、胡亂猜，爸爸在早班下班時間將近時，才進公司。他看到我們聚在一起聊天，好奇的問我們在聊什麼？

「爸爸，你不是說今天公司有重要的事情要處理？到底是什麼事情呢？我們大家都在猜？」我過去拉著爸爸的手，撒嬌的問他，但也同時怪他怎麼這麼晚才進公司。

「其實沒什麼事情啊，是我的個人私事而已。」然後抱抱我，就直接進他的辦公室了。我倒杯咖啡進去找他，想問問他對晴白的看法。

「爸爸，昨天見到晴白，對她的看法如何？」我不敢提高聲音，小小聲的問爸爸，彷彿聲音加大，就會影響爸爸對你的看法。爸爸眼睛定定的看著我：「陽子，你沒有談過戀愛，能夠確定你對晴白的感受是愛情嗎？或者只是純粹欣賞她的朋友之情？」

「我很確定那是愛，我無時無刻都想將我的心與她交換，我想要融入她的一切，變成一個宇宙。爸爸，我很清楚，我愛晴白。」爸爸點點頭，走過來站在我身邊，他在我耳邊小小聲對我說：「陽子，愛情如同慾望，都是短暫的。」然後端起咖啡來喝，表情很幸福的說：「這杯咖啡煮得很香呢，豆子是瓜地馬拉的嗎？」

我有點晃神，爸爸很少這樣對我說話，我不太清楚他的意思。九點下班時間一到，就聽到你的重型機車引擎大聲咆哮，你很準時就到了，但爸爸還在辦公室沒下班，他今天待得特別晚，我請你停好車進來跟爸爸打聲招呼，你的表情藏在安全帽裡，我看不清楚你是高興還是害羞，總之你最後還是停好車，進辦公室跟爸爸問好。

「波特先生，今天加班？」你問爸爸。

「是啊，怎麼，今天去騎車嗎？我從這裡看得到你的重型機車，保養得不錯喔。」爸爸面帶微笑的回你。

「出門前才洗過車，今天晚上要載陽子去見見我以前的車隊隊友，順便繞行城市一圈，波特先生要一起來嗎？」你今天穿著長袖牛仔襯衫、皮褲、馬靴，戴著鳥羽做成的耳環，沒有畫眼妝，但塗著咖啡色的口紅，全身散發著陽剛氣卻又非常豔麗。但是問起爸爸要不要一起加入，我就不清楚為何你會來這樣一句不太可能發生的事。但是爸爸竟然回答：「好啊，在哪集合，晚點我一起加入。」

「爸爸？你有重型機車嗎？你會騎？！」我驚訝萬分，原來我這麼不了解自己的父親。爸爸拍拍我的肩膀：「你真是小看我了，我從年輕時，就開始騎重型機車啦。」然後你跟爸爸貼貼臉，表示再見，就牽著我的手離開辦公室。在爸爸面前牽起我的手，你真的很大膽呢。

坐上你的印地安重型機車，我們一路往海邊走，繞道濱海公路，最後在濱海公路的一間咖啡廳集合，有人已經到達集合點了。你一停好車就大聲跟車友們問好、擁抱、互相拍背，然後你介紹我給大家認識：「陽子，我的女朋友。」

很簡短的介紹，但車友們都默契的點點頭，過來跟我握手，我感受到那種不過問隱私、互相支持的朋友情義。我喜歡這種溫暖的人際關係，或許，這是你融入群體的方式，除了酒吧同事，這群車友是你最珍貴的人際關係之一。

然後，我聽見有人對你說：「茉莉的哥哥也跟來了，他不知從哪裡聽到你定居在這裡，一聽說我們車隊要來，他也報名了。今天要注意控制一下脾氣。」

你無奈笑著回答：「放心，今天我女朋友在這裡，打不起來的。」我擔心的看著你，同時也有很多疑問。

趁著車隊還沒有集合完畢，還有一些人沒有抵達，你拉著我到一旁對我說：「茉莉的哥哥一直沒有放下，他還是無法原諒我，之前我們在車隊碰面，不是吵架就是打架，但都小打小鬧，沒有什麼，尤其今天有你在，她哥哥至少不會太過分，你放心。」你捧著我的臉，溫柔的安撫我，「我的一切以你為依歸」，你說不會有事，那就不會！

超過二十台重型機車集合，快要出發時，才看見爸爸遠遠騎著他的重型機車過來，爸爸的重型機車跟你的一樣，也是印第安，看來你們兩個人的嗜好很雷同。這個車隊是混血車隊，有人騎印地安，也有人騎哈雷。一群重型機車排成交叉隊形出發，這座城市的夜晚突然熱血起來，而我因為晴白，生活有了另一種面貌，我覺得幸福極了。

「也許正因為我總是懷疑自己得來的幸福太容易、也太完美，害得你因此消失不見。」

車隊沿著濱海公路繼續前進，然後繞著海邊的山路上行，我坐在後座，一路看著沿海風景，海面上的月亮特別明亮，城市的夜景就像一萬顆鑽石一樣閃閃發亮，騎了大概兩小時，我們在山頂上的咖啡廳休息。

車隊的人下車熱鬧的互相分享剛剛山路上過彎的經驗，車體的哪一部分如果加裝什麼工具會更好騎之類的話題，吧台也站著點咖啡、甜點的車友，整間咖啡廳幾乎被我們佔據了，我在一旁靜靜看著這群人，看著爸爸融入他們的樣子，如果時間停在此刻，我的人生大概也沒有遺憾。

然後有一輛孤單的重型機車加入，引擎聲劃破了大家的熱絡交談，他們說：「茉莉的哥哥跟上了。」我跟著話語的方向看過去，茉莉的哥哥英俊、高大挺拔，如果茉莉長得像哥哥，那一定也是一位美麗的女人。

為什麼大家都稱呼他「茉莉的哥哥」？因為有你在的地方，車友們並不希望他加入行程，深怕彼此鬥毆的事情再度發生，這是一種群體排外的稱呼，但茉莉的哥哥似乎一點也不在意。而且或許車隊裡有生面孔，例如我父親，所以他並沒有跟你發生什麼衝突，只跟大家都握握手，但我的猜測似乎錯了，茉莉的哥哥竟然跟爸爸行舉手禮：「波特先生，好久不見！」

原來爸爸認識他，我還來不及問爸爸怎麼認識他的，茉莉的哥哥就走向我們，用力拍拍你的背，然後看看我：「聽說你交了新女友，直接把我妹妹拋諸腦後，是吧？你拐了我妹還不夠，現在還要來拐別人？」

我沒有說話，只凝神看著他，因為「我的一切以你為依歸」，我知道你會給他得體的話語，你說：「我並沒有忘記你妹妹，她一直都在我心中，我的女朋友了解我。」

是的，我了解你，所以我對茉莉的哥哥用力點頭，表示我贊成你的話，我支持你、站在你身邊，永遠！

這段小插曲，並沒有澆熄大家的樂趣，咖啡喝完，休息夠了，車隊繼續上路。我們繼續騎行下山，回頭往海邊前進，準備回到車友們這次住宿的旅館。

但下山的路途快結束，要回轉往濱海公路之前，茉莉的哥哥突然騎車衝撞我們的車，他在下坡時加速從後面衝撞，我跟你連人翻車到下邊坡，車子繼續滾動，車速也許不快，但車子重量很重，車身壓在你的腹部，我摔倒昏迷了很久，直到救護車加上警車的聲音吵醒我，我看見茉莉的哥哥車子倒在路邊，好像也受傷了，正被車友們架住交給警察。

我仰頭看見爸爸捧著我的臉大聲哭泣。我問爸爸：「晴白呢？他在哪裡？」但爸爸沒有回答我，然後我又昏迷了，或許是我害怕聽見爸爸的回答，所以選擇昏迷吧？

「是誰告訴茉莉的哥哥，晴白在這座城市？交了女朋友？」

「是誰告訴茉莉的哥哥，今天車隊有活動，要來與晴白會合一起環城市一圈？」

可能是任何一位車友，但我猜是爸爸。因為爸爸今天的舉動太奇怪了，平常我猜不出爸爸的想法，因為爸爸常常出其不意，表現出來的行為讓人以為猜得到他的想法，但最後都會發現其實完全猜錯了。

今天，他說要處理緊急的事，卻一點也沒有急著要進辦公室的意思，最後他還特別在我耳朵邊對我說：「愛情如同慾望，都是短暫的。」茉莉的哥哥跟爸爸打招呼，顯示他早就認識爸爸了，而車隊隊友們也沒有人與爸爸自我介紹，爸爸的重型機車，是騎過許多哩路的舊型機車，爸爸早就認識這群車友了，難怪你才第二次見爸爸，就開口邀請他參加今晚的騎行活動。

我躺在床上全身綁滿繃帶，手上吊著點滴，身體雖然腫脹，但是我的思緒很清晰，我知道這一切都是我害的，不能怪爸爸，他愛我，現在我終於明白要爸爸接受你，不是一件容易的事。

我也不怪茱莉的哥哥，因為他也愛茱莉，而我的心中也因為你替茱莉留下一個位子，只怪我自己！我應該成為植物就好，我的幸福來得太容易、也太完美了。

「晴白還好嗎？住在幾號房？我要去看看他。」我要求薇薇安回答我，我急著要見你，我已經好幾天沒見到你，我跟你還有犬犬是一個圓，犬犬不能進醫院，現在只剩下我一個點，我又躺在床上無法下床，無法見到你。

躺在病床上時睡時醒，我回想你跟犬犬一前一後在海灘奔跑，你跟犬犬繞著我，然後你把我舉起來轉圈圈。早上起床你會偷偷準備好一束花放在我床邊。你從後面抱住我的腰，在我耳邊唱歌給我聽。你站在舞台上光芒四射，左手撥著電吉他，一開口就驚豔四座。你每週一的早上剃一次頭髮，因為你心裡住著茉莉。你騎著重型機車載我到山腰上看城市夜景。你煮咖啡給我喝。你在酒吧跟大鬍子吧台鬥嘴的樣子。你的一切的一切。

然後他們派勇敢的庫克來告訴我：「晴白摔車的第二天就走了，她的內臟多處受傷，大量流血，從摔車的邊坡把車翻起，再把她救出來的時間耽誤太久，失去急救的黃金時間，醫生們都盡力了。」薇薇安、庫克、查理、麥可圍著我，但我沒見到爸爸，我聽完只問庫克：「我爸爸呢？」

我想當面問父親，到底是不是他給茉莉的哥哥訊息，我的那些猜測是否正確？我不想責怪父親，但我的理性無法克服自己不去追究。爸爸好像猜到了我會質問他，他請庫克回答我的疑問，只給了一句話：「這一切，都是爸爸的錯。」

聽完，我的眼淚再也止不住了，我哀號、我搖晃身體、我大喊大叫，你都不會再出現了！我再也見不到你，再也不能擁抱你、再也不能欣賞在舞台上那個散發魅力的你、再也不能聽見你高亢的歌聲、再也不能與你在海邊散步、再也不能跟你一起看城市的夜景，所有的一切，再也不能！但是，「我的一切以你為依歸」，你從這世界消失了，我要依靠什麼呢？

就像你深愛的初戀茉莉，因為你而出家，所以你決定剃光頭髮在心裡留下茉莉一樣，我也決定了！

「我的一切以你為依歸」，我照著鏡子裡的自己，我拿起剪刀慢慢的把長髮剪掉，然後拿起你的剃刀，把我的頭髮都剃光。

我要成為你，為你在世界上活著。而我自己，將隱藏在你之下，因為我是為你而活。

從今天起，我就是你，晴白，我的一切就是你，我要成為你。

晴白

陽子出院了，但她的精神狀態一直恢復得不太好，波特先生請我這陣子先不用負責水果業務，他要我負責專心照顧陽子就可以。這對我來說不難，因為我一直很喜歡這位單純、善良的老闆女兒。

我告訴波特先生，陽子可能需要請專業的心理醫生評估，但是波特先生不願意，他認為陽子總有一天會走出傷痛，再度變回那位美麗可愛的女兒。

照顧陽子唯一比較麻煩的事情，就是她不願意讓我住進她的房子陪伴她，她告訴我，只要每天她上班時，我有陪在她身邊就好，但我注意觀察過她的行為，已經嚴重超出我能理解的範圍。

從出院到現在已經一個星期了，陽子都還沒有進公司，我到陽子海灘邊的家去探問，她不願意出門，卻也不願意讓我進門。

她總是用一句話擋住我：「薇薇安，你放心，我有犬犬陪伴，不會有事的。」

我請陽子答應我，下星期一定要進辦公室了，公司有很多業務等她處理，波特先生也希望她的病假休養，可以結束了。

「我明白，你放心，我下週一定會進公司。」陽子雖然答應我了，但我還是很擔心她。

然後下個週一下午一點，陽子真的來上班了。但是她把一頭長髮剃光了！

「陽子，你怎麼把一頭美麗的長髮全剃掉了？發生什麼事情了嗎？」

我太驚嚇了，為什麼陽子的行為那麼反常，這樣我對波特先生沒辦法交代。

「我叫晴白，請多指教。」陽子對著辦公室裡所有的人自我介紹。

「陽子，你為什麼要這樣，我們都知道你愛晴白，但為什麼非要做到這樣才行呢？」

我太傷心了，現在才明白，陽子有多麼深愛著晴白。但陽子的回答，讓我覺得，她的病情更嚴重了，她看著無人的遠方，回答我：「我與你同心、同步，我的一切以你為依歸。」

就這樣，波特先生同意讓我將陽子送進這座城市裡唯一的精神療養院。

陽子住進精神療養院幾個月後，波特先生終於忙完公事，趕到醫院探望陽子。

他看見陽子仰頭看著窗外傻笑，完全認不出自己的父親，他問醫生，到底都給陽子什麼樣的用藥跟治療。感覺波特先生非常不滿意醫院的治療情況，他很擔心自己的女兒在這家精神療養院接受治療以後，會變成一個沒有生氣、沒有靈魂的人。

波特先生決定要讓陽子出院，主因是陽子漸漸認不出波特先生是他的父親，還有，陽子也忘記了我這位曾經是公司同事的薇薇安，她一直以為我是醫院的看護。

我們不再讓陽子用藥，因為陽子用藥以後，就會整天看著遠方傻笑。出院以後，要怎麼安排陽子，波特先生也已經有計劃，一切都安排好了。這就是波特先生，總是不按牌理出牌，凡事他總有不同於常人的處理方式，但也正是因為他奇怪的行事作風，害了陽子。在我看來，這是優點，另一方面也是極大的缺點吧！

陽子沒有用藥後，不再出現看向天空傻笑的情形，但卻常會自言自語，我猜想，大概是在內心裡跟晴白說話吧？

波特先生對公司宣布了一個我認為很難實行的計畫，但很奇怪的，大家都同意也願意參與這樣的改變，也許是因為我們都愛陽子，跟陽子一起工作那段長達十幾年的時間，她就像我們的妹妹。

這個計畫，就是為陽子建構一個與世無爭的環境，在這個環境裡，陽子可以自在的生活，但卻也不會脫離正常社會的運作。波特先生決議，我們每年冬季都把公司重要的業務部門遷移到很北方的一座小鎮，那是波特先生幾年前買下的小鎮，原先是用做他自己退休後居住的地方，前一段時間，波特先生將業務全權放心的交給陽子時，波特先生就居住在這裡，現在正好給這個計畫使用。

我們在這座小鎮營造了一條商店街，為了完整這條商店街，我們甚至將麥可的未婚妻艾咪都拉進計畫裡，而艾咪的唯一條件就是先跟麥可完成婚事。夫唱婦隨，這樣的條件很簡單，也很合理。

於是加上小鎮原有的店舖，費太太家庭麵包工坊，我開的花店，也兼賣花器、餐具，麥可先生的熟食店、山姆的肉店、波特先生的郵局、庫克先生的修車廠、雪莉太太的生鮮蔬菜雜貨店就這樣建構起來。

陽子在這世界上，除了內心裡的晴白，其實已經容不下任何人了，所以我們將睡夢中的陽子遷移過來時，編造了一個故事，那就是她住的房子是從爸媽那裡繼承來的，而我們各有我們的故事。

我們從日常生活中慢慢把我們的故事滲透進她的生活裡，但其實我一直對這樣的方式沒有把握，我也不清楚波特先生對於這樣的計畫，有沒有風險評估。

我觀察陽子的行為，一直覺得她幾乎已經忘記自己曾經是誰，她完全融入了晴白的角色裡，失去自我。

每到春季小鎮旅遊旺季時，我們就安排陽子進城去接替查理的工作，這時候我都分外擔心，深怕在城市裡會讓她想起過去，但還好經過這幾年都沒有意外的狀況發生。

而其實，我們都已經接受她就是晴白，因為她已經完全不是陽子了，她是一位跟犬犬獨居在極北小鎮上的女孩，一年有七個月會到城市去工作，而這七個月中間，我們輪流到城市裡監看她的狀況。

查理與她的辦公室，就在我們總公司的隔壁，但陽子太融入晴白這個角色，甚至都沒有發現我們也在城市裡，就在她的身邊。

不知從第幾年起，我們都直接稱呼陽子為晴白了，我們幾乎忘記那位如陽光般的陽子到底曾經是什麼長相、說話的方式如何、穿衣服的喜好又是怎樣？我們現在只見到一位晴白，總是剃光頭髮，冬天穿著簡單的厚夾克，夏天穿著短袖襯衫、牛仔褲，完全是一位小男孩的模樣。

而今年冬季，小鎮上發生了一件意外，讓整個計畫都失敗了。

原本應該是淡季沒有遊客的小鎮，來了兩位喜愛冒險的年輕情侶，他們攪亂了晴白簡單平靜的生活。晴白活在自我的想像裡，更難接受陌生人的質疑與打擾。

我不太能說是誰的錯，但晴白的邏輯完全是以自己的判斷為中心，她不太有餘力產生同理心。誤會加上難以說明，事情差點無法圓滿收場。

年輕情侶之一的向陽小姐外型長得有點像陽子，但她沒有陽子清澈的眼睛，一頭長髮比陽子柔軟，我想這是她在受傷住進森林小屋後，會吸引陽子去照顧她的原因，否則陽子通常不會理會身外之事，她比較會直接求助商店街的我們去森林小屋照顧向陽。

任何不了解陽子的人，都會以異樣的眼光看待陽子，只有我們了解陽子之所以成為晴白的原因。向陽小姐就像是陽子的一面鏡子，似乎可以照出陽子，我在想，如果向陽小姐沒有用異樣眼光看待陽子，也許向陽可以映照出陽子的本性，陽子就這樣回來了，我並不是精神科醫師，但總覺得這並不是沒有可能。

所以陽子又出門上山時，我把向陽小姐邀請到我的花店來，我想告訴她關於一位甜美女孩的過往，還有這位女孩為何變成小男孩的故事。但是我的想法太天真了，向陽小姐只想催促我們快點幫忙讓她的男朋友威利先生能夠進入小鎮陪伴她，她一點都沒有要認真聽我說故事的念頭。

因為我常聽見打扮成晴白的陽子自言自語，那比較像在對從前的自己「陽子」說話，而不是對死去的晴白說話。我跟庫克分析我的想法，最後我們決定晚一天鏟雪，讓威利晚一天進小鎮，我們都想試試看，能不能讓向陽小姐影響陽子，我們想試試從扮成晴白的陽子在面對向陽的時候，能不能把陽子喚出來。但可惜晚一天鏟雪的決定，卻引發更多衝突，或許我跟庫克不該自作主張，應該詢問波特先生以及其他人的意見，才不會這樣弄巧成拙。

結果向陽的男朋友自己步行穿越連結小鎮的橋樑，走了快一小時的路，他一進麥可的熟食店，就找到陽子，用暴力揮了她幾巴掌，拿陽子出氣，這都算是我跟庫克的錯。再加上後來威利又被陽子放置的捕獸夾夾傷，經過這一切，雖然波特先生很果斷的把事情解決了，但是最後陽子還是陷入混亂的精神狀態。她已經衝進森林好幾天了，庫克進森林找了很久，都還沒有找到陽子。

波特先生準備要解散商店街了，他說找到最後一個方法救女兒，如果這個辦法沒有用，就真的要把女兒送進療養院了。但他暫時還沒有透露這最後一個辦法是什麼？波特先生做事的風格就是這樣，他總有一些意想不到的想法，這是我們無法臆測的，當時只能靜待庫克找到陽子，答案才會揭曉。

庫克後來終於在一座森林小屋裡找到陽子，她昏睡在那裡，大概身體太累，也太久沒有進食。庫克一個人背著陽子花了兩天才把她帶回鎮上，庫克說陽子一路上時而清醒時而昏迷，嘴裡一直在問：「晴白，你在哪裡？」、「陽子，你在哪裡？」、「我又夢到你了。」、「我看不清楚你？」之類的胡言亂語。

波特先生一見到昏睡中的陽子，便緊緊抱住她，眼淚靜靜的落下來，他親吻她的額頭，對著昏睡中的陽子說：「陽子，爸爸沒辦法把晴白還給你，但至少，我找到茉莉了。可以用茉莉交換晴白嗎？爸爸對不起你！」

我跟庫克站在一旁看見這一幕，眼淚也忍不住流下來，如果陽子能從晴白的角色裡脫身出來，該有多好。陽子愛得太深，太辛苦了。

波特先生請庫克幫忙把昏睡中的陽子送回陽子沙灘邊的住處。原來波特先生最後的方法，是把陽子交給茉莉，他相信茉莉的智慧可以撥開陽子的內心。顯然前一陣子波特先生不在小鎮上，都在尋找茉莉，並且已經與茉莉深談過了。

商店街正式解散了，我打包好準備回到我們那座島嶼上的家，麥可跟艾咪也決定回到島上再開一家熟食店，麥可不回公司上班了，他希望我們以後每週五晚上都到他的熟食店聚會，這份難得的友誼演變成家人關係了。

我們彼此擁抱，好像準備從另一個世界回到我們地球上的家一樣，感覺身體與空間感曾經分離很久一般，但也有種甜蜜回甘的滋味在心裡迴盪。

茉莉

我又夢見你了，你在海邊奔跑，旁邊跟著犬犬，我跟在你後面，怎麼追也追不到，你的長髮飄逸，黃色洋裝裙擺隨著海風搖曳，你每跑幾步就停下來等我，但我怎麼努力也看不清楚你的長相。你蹲下來撿貝殼，把新撿到的貝殼高高舉起來給我看，但我還是看不清楚你的臉。忽然我看見另一個我，從我身後跑向你，然後把你高高舉起來，雖然我看不清楚你的臉，但我知道你正開心地大笑，犬犬在你們身旁奔跑著繞圈圈。多麼愉快的景象，不知為什麼，我在夢裡長得好高大。

然後我醒了，犬犬正用他濕答答的舌頭舔著我的臉，原來我睡在一棵大樹的樹洞裡。外面下著大雨，我以為是海浪的聲音。醒來肚子好餓，上一餐是昨天吃的。昨天我跟犬犬合力捉到一隻鳥，我們在森林裡生火烤來分食，還多煮了一些雪水，放在保溫瓶裡備用。

「我不想回到小鎮上去，犬犬，你想嗎？」犬犬只輕輕哼哼兩聲鼻音告訴我，他永遠支持我的決定。但是我知道，我還是得回去，春天快到了，我必須回家整理行李，因為我必須回到公司跟查理交接工作，否則他就不能依照計畫休長假。

「在回家之前，我們再流浪一會兒吧！」我跟犬犬繼續往與小鎮相反的方向走。

大雪的森林裡，雖然很冷，但是冰冷讓我沉靜，小鎮上那些紛亂，已經離我遠去。我在森林裡這些高大的杉木下行走，感覺這些杉木似乎都知道我的委屈與無奈，他們好像了解我，同時也保護我。

我跟犬犬已經在森林裡晃蕩一星期了，我的手錶日期顯示現在是下午一點，但是陽光穿不過樹林，這裡的氣候冬天陽光更少見。犬犬走在前面領路，我跟在後面，有犬犬隨時注意森林裡的狀況，我覺得這樣的流浪時光安全多了。

一路朝森林的高點往前走，終於走到一片平緩的坡地上，這裡已經算是森林的高處，可以看見山下的小鎮，商店街的煙囪飄出白色的煙，應該是壁爐正在熊熊燃燒木材，房屋裡想必很溫暖。

我跟犬犬坐在平坡上的大石頭，看著山下炊煙裊裊，雖然聽不見小鎮上的喧囂聲，但我猜應該也很寧靜，因為小鎮的商店街在冬季沒有蜂擁的觀光客，幾乎都是小鎮上的居民來商店街吃飯、買日常用品，冬季算是商店街休息的時間，商店街上幾乎看不見什麼人，大家現在應該都在麥可熟食店裡午餐吧？我聽到自己肚子發出咕嚕嚕的聲音，把背包裡最後一塊麵包拿出來，跟犬犬一人一半。

「犬犬，我們該回家了，可以吃的東西都吃完了。」我摸摸犬犬的頭，很無奈地看著他。然後我跟犬犬把裝在水壺裡的水喝光，就開始往山下走了。我突然覺得自己有點像在山上住了十年的查拉圖斯特拉，想要把我的純正心靈與思想分享給山下的人們。但事實上，是我向現實低頭了，儘管我因為氣憤不平而逃離小鎮的人群，但我無法離群索居，我還是得回到小鎮，甚至還要回到城市中去完成我該完成的例行工作。

「如果你在，我們應該就可以在這森林中生活，只要有你在，還有犬犬陪伴，我們可以到任何地方自由自在的生活。」

我跟犬犬開始往山下走，從山上的高原平台往下，又進入大樹參天的杉木林裡，森林裡光線很暗，還是一樣犬犬走在前方，我跟在後方，我打算花兩天時間走回小鎮，所以這兩天應該要餓著肚子了，或者再跟犬犬一起抓一兩隻鳥來吃吧？

希望不會迷路，雖然我一路上都有在杉木上刻字，或者用石頭作記號。森林光線暗，我跟犬犬走不快，前幾天在森林裡晃蕩，不覺得走得慢有什麼不妥，但現在要趕回小鎮，卻突然感覺心急如焚。我一路上注意有什麼東西可以拿來當食物，但實在沒有什麼收獲，犬犬倒是很貼心的沒有跟我要求食物。森林天黑得快，我沒有帶手電筒，現在森林裡全部暗下來，幾乎看不見路，要趕快找個地方休息。沒有目的地在森林晃蕩時，完全不會擔心這些，天黑了就找棵大樹，隨便就可以在樹下安頓，只要沒有下雨，我跟犬犬升起營火，就能舒適的依靠在一起，完全沒有牽掛。現在有個目的地在那裡，不知為何，反而慌張了起來。

我有點心急，突然小跑起來，犬犬跟在我身旁也一起跑起來，這段下坡路，讓我感覺有點頭痛，我開始拚命快跑，犬犬擔心的在旁邊吠叫，但他的腳步沒有放慢，一路跟著我快跑，然後我差點就要跌倒了。幸好，前面幾棵大樹中間，剛好撞見一棟山屋。我跟犬犬高興的像抓到浮木一樣，一路衝向山屋。

觀光淡季，山屋裡當然不會有別人，我跟犬犬走進山屋，馬上有回到文明世界的感覺，原來我還是很懷念有個屋頂、有個溫暖角落的生活。我把壁爐的柴火升起，溫暖的跟犬犬依偎在一起，山屋裡的食物櫃是空的，我們只好喝水充飢。壁爐的火讓我溫暖起來，我抱著犬犬，我好累，我現在只想好好睡一覺。

「你知道嗎？我好想你。我好累、好睏，如果能夠就這樣一睡不起，也許我就可以去找你了。」

不知道睡了多久，我覺得自己好像飄浮在一朵雲上，身體好輕好鬆，我直覺的伸手要去摸摸犬犬，但是他不在我身邊，擔心地張開眼睛，才發現犬犬真的不在，而我穿著鬆軟的睡衣躺在一張非常舒適的大床上。從來沒有或者說好久好久沒有睡在鬆軟的床上，我也不太確定，我家的大床是原木硬床，但現在睡在這張床上，卻有似曾相識的感覺。

空氣中飄著一股茉莉花的香氣，我躺著仔細環視這個房間，天花板是粉紅色的雕花板，周圍則是貼著白色參雜著淡淡海藍色的壁紙，這完全是一間公主般的房間。等我環視房間一圈，才發現旁邊鳶尾藍沙發上，坐著波特先生，他睡著了，睡得很香甜，但閉著眼睛的表情有點疲累。

然後房間門打開了，是庫克先生，他看我醒了，走過來把我從床上扶起來坐著。然後倒杯熱茶給我，是甘菊茶，裡面還加了一小朵玫瑰，喝起來好香甜。波特先生也醒了，他從沙發上起身，走過來問我：「睡得舒服嗎？」

「嗯，很舒服，我睡多久了？」我轉頭問庫克先生。

「大概二天吧，肚子會餓嗎？」庫克先生果然比較懂我。

「你知道這裡是哪裡嗎？」波特先生問我。

「我們應該不在森林小鎮了吧？這房間裡面還開著冷氣呢！」我笑著回

答，但直覺這個房間我好像曾經來過。

「這以前是我女兒，陽子的房間。」波特先生眼睛盯著我看，讓我有點不知所措。

「陽子？沒有聽波特先生您提過。」我在小鎮上，很少跟波特先生聊天，所以其實不太清楚他的私事。

「我去端點食物進來，晴白你想吃兔肉嗎？」他露出整齊白色的牙齒，很有魅力對我笑，果然是女生眼中的男神，但對我散發魅力真的浪費了。

「當然好啊，謝謝呢！」我也對他眨眨眼睛，表示我們的默契。

我跟波特先生沒有什麼話可以聊，兩人靜靜坐在房間裡，有些尷尬。但我現在有很多疑問，我想剛好可以問他。

「波特先生，您為何要對我那麼好，還有庫克先生，真的很感謝你們，把我從森林裡帶來這裡。但我現在得趕快回公司跟同事交接工作，因為輪到他要去休長假了。」我真的很感謝波特先生，如果不是他跟庫克先生幫忙，我可能會在森林小屋中餓到昏迷好幾天都沒有人發現。

「你還記得陽子嗎？一點記憶都沒有嗎？」波特先生失望的眼神看著我，彷彿我應該要記得我認識陽子。但我真的記不起來了。

庫克端了食物進來，但我打開蓋子，不是兔肉，而是一碗米布丁。

「護士說你現在還不能吃肉，要先從鬆軟的食物開始吃，過一兩天就可以恢復正常飲食了。」他尷尬的笑著，我倒是無所謂，現在非常餓，什麼食物嚐起來都很美味。

夜晚我在這張大床上睡得非常舒適，原來柔軟的床睡起來是這種感覺，但我睡得斷斷續續，一會兒醒來一會兒又睡著，他們給我吃的安神藥藥效似乎慢慢消退了。

淺睡中，我好像聽見海浪聲，但仔細聽，又似有似無，最後我決定起身踏出房間看看。

一打開房間門，那景象讓我太訝異了，這好像曾經出現在我夢中。月光明亮的照進室內，連著廚房吧台的客廳，只擺了一張雙人沙發，其他全是書櫃，落地窗外月光滿溢，我推開落地門，迎向我的是一整片銀色沙灘，閃閃發亮的沙灘，一直在我夢中出現的沙灘。我驚嚇、癱軟的坐在露台上，一雙眼睛離不開那片海。

「這就是你奔跑的沙灘，每次夢見你，你都在這片海灘奔跑，對嗎？你在這裡嗎？你會出現嗎？我終於可以看清楚你的長相了，是嗎？難道那個奔跑的你就是陽子嗎？波特先生說我現在的睡房就是你的房間，所以那個奔跑的你，就是陽子嗎？為什麼我總是夢見你？為什麼我總是那麼想你？」

護士發現我不在房間，看我坐在露台上，她一邊扶起我，想要把我拉進客廳，一邊對我說：「陽子小姐，你身體還很虛弱，快點回到房間休息。」

「陽子小姐？不！我是晴白！我是晴白！」我對她咆哮，然後她抓住我，替我打了一針，我知道我又昏睡了。

又昏睡了一天，我從充滿茉莉花香的空氣中醒來，波特先生探頭靠近我，對我微笑：「睡得還好嗎？我一直在等你醒來，因為我把你的朋友帶來見你，她正在客廳等你醒來。」

「我的朋友？是誰？」我的朋友就是商店街那些老闆，他們現在應該還在小鎮上才對。

「你見到就明白了。」波特先生神祕的回答我。

然後房間門打開了，一位穿著白色連身長裙的女生走進來，她跟我一樣把頭髮完全剃光了。

我從床上起身，因為我想仔細的看清楚她，我站在她面前，發現她的身高跟我差不多。

「嗨，我叫晴白，你是誰？為何波特先生說你是我的朋友呢？」因為我從來沒有見過她。

「我是茉莉！陽子，我就是茉莉！」她眼睛定定的看著我。

「茉莉，我心裡一直住著一位茉莉，就是你嗎？」

然後我又開始咆哮起來：「我是晴白，叫我晴白！」

茉莉前進一步，用盡全身力氣緊緊的抱住我，「陽子，我知道你愛晴白，我也愛晴白，但你不需要變成晴白，那場意外不是你的錯！」

「不！是我的錯，是我的錯，我是晴白，我是晴白！」

我嚎啕大哭，我掙扎，但是茉莉緊緊的抱著我。

「你知道我有多愛你嗎？為什麼活下來的不是你？我想代替你，我想成為你！」

「陽子，看著我，我是茉莉，你知道晴白最愛茉莉，而你心裡也住著我，對嗎？我現在要求你回來！陽子，回來吧！回來，跟我一起，跟茉莉一起，為了晴白快樂的生活，而不是這樣痛苦的折磨自己！晴白一點也不希望你這樣折磨自己，對吧！」

茉莉對我說的話，彷彿打開了某一扇窗，陽光突然強烈的照進來，我好像明白了什麼，全身癱軟完全站不住，整個人埋進茉莉的身體裡痛哭，茉莉一直緊緊的抱著我，彷彿在安慰一個哭鬧不懂事的孩子。

「晴白，我做了一場很長的夢，現在終於醒了。是茉莉把我叫醒的，我現在知道為什麼妳那麼愛她了，她是一朵潔白無瑕的花。

她有令人沉靜心靈的魅力，她的手總是冰冷的握著我的手，我喜歡那雙總是冰冷的手。

她的聲音甜美，總能說服我走向理智。

我常去她的寺廟找她，吃她煮的素齋，跟著她一起畫畫。

我的生活重心也慢慢找回來了，爸爸的生意很長一段時間被我打亂，現在終於也回歸正軌了！爸爸有一段時間假裝郵局先生，扮演得很稱職呢！你會原諒爸爸的，對嗎？」

現在每一個週末，我都把時間完全留給茉莉，一定會到茉莉的白色寺廟裡，聽茉莉講各種宗教的故事，我不介意這些故事枯燥乏味，因為我只想牽牽茉莉冰冷的手，茉莉會微笑地告訴我：「陽子，不要太在意人世間的各種情愛，不論是哪一種愛，只要你曾經勇敢愛過，就算曾經擁抱過美好的人生了，不需要有遺憾。」

我沒有辯駁，但心裡卻覺得，現在我真的是一棵植物了，跟茉莉一樣，只不過我們是不同的植物，我是仍然想緊緊抓住什麼的豬籠草，而茉莉就正好是一朵清新的茉莉。

兩棵植物，心裡同時住著晴白，這樣的想法，讓我好滿足。

今天，微風徐徐，陽光躲在雲後，我牽著茉莉的手，靜靜看著剛盛開的荷花，不需要語言、心靈相通的坐在荷花池畔。

我現在能夠確實感受到「深刻的友誼，也能填滿想念你的心」。

「比起茉莉，其實我更愛荷花呢！」茉莉說。

「哎呀！茉莉愛上荷花了呢！你不會因為這樣生氣吧？」

我抬頭看見太陽從烏雲中出現，彷彿看見你在雲端上，正低頭看著我跟茉莉。

我好像聽見你的歌聲，正在唱著你為茉莉寫的歌〈小小茉莉〉。

「你總是夜晚開花，
白天醒來，我才能見到你盛開的樣子。
你總是夜晚開花，
白天醒來，我才能剛好聞到你的花香。
你總是夜晚開花，
你總是夜晚開花。

你等到夏季開花，
因為夏季，才有你最喜歡的七彩陽光。
你等到夏季開花，
因為夏季，才能與夏蟬們的一起吟唱。
你等到夏季開花，
你等到夏季開花。

你等到夏季開花，你總是夜晚開花，
我等你等到夏季，但我看不見你開花。
你等到夏季開花，你總是夜晚開花，
我等你等到夏季，但我看不見你開花。」

後記

也許，這個故事裡的愛，根本不存在你的世界。

但我知道，波特先生的父愛，薇薇安小姐有愛，庫克先生無條件的愛，艾咪跟麥可先生合作無間的愛，晴白的深愛，陽子一把火燒盡一切的愛，茉莉雋永的愛，他們都愛了。

我也想問我自己：「我愛了嗎？」

還有你，「你真的愛了嗎？」

釀小說115　PG2527

我想念的，是你？還是我？

作　　者　文刀莎拉
責任編輯　姚芳慈
圖文排版　陳秋霞
封面設計　蔡瑋筠

出版策劃　釀出版
製作發行　秀威資訊科技股份有限公司
114 台北市內湖區瑞光路76巷65號1樓
電話：+886-2-2796-3638　傳真：+886-2-2796-1377
服務信箱：service@showwe.com.tw
http://www.showwe.com.tw
郵政劃撥　19563868　戶名：秀威資訊科技股份有限公司
展售門市　國家書店【松江門市】
104 台北市中山區松江路209號1樓
電話：+886-2-2518-0207　傳真：+886-2-2518-0778
網路訂購　秀威網路書店：https://store.showwe.tw
國家網路書店：https://www.govbooks.com.tw
法律顧問　毛國樑　律師
總 經 銷　聯合發行股份有限公司
231新北市新店區寶橋路235巷6弄6號4F
電話：+886-2-2917-8022　傳真：+886-2-2915-6275

出版日期　2021年2月　BOD一版
定　　價　250元

Printed in Taiwan

國家圖書館出版品預行編目

我想念的，是你？還是我？/ 文刀莎拉著. -- 一版. --
臺北市：釀出版, 2021.02
面；　公分. -- (釀小説；115)
BOD版
ISBN 978-986-445-439-6(平裝)

863.57　　109021427

讀者回函卡

感謝您購買本書，為提升服務品質，請填妥以下資料，將讀者回函卡直接寄回或傳真本公司，收到您的寶貴意見後，我們會收藏記錄及檢討，謝謝！

如您需要了解本公司最新出版書目、購書優惠或企劃活動，歡迎您上網查詢或下載相關資料：http:// www.showwe.com.tw

您購買的書名：________________________________

出生日期：________年________月________日

學歷：□高中（含）以下　□大專　□研究所（含）以上

職業：□製造業　□金融業　□資訊業　□軍警　□傳播業　□自由業

□服務業　□公務員　□教職　□學生　□家管　□其它_____

購書地點：□網路書店　□實體書店　□書展　□郵購　□贈閱　□其他

您從何得知本書的消息？

□網路書店　□實體書店　□網路搜尋　□電子報　□書訊　□雜誌

□傳播媒體　□親友推薦　□網站推薦　□部落格　□其他__________

您對本書的評價：（請填代號　1.非常滿意　2.滿意　3.尚可　4.再改進）

封面設計____　版面編排____　內容____　文／譯筆____　價格____

讀完書後您覺得：

□很有收穫　□有收穫　□收穫不多　□沒收穫

對我們的建議：________________________________

____

____

____

請貼
郵票

11466
台北市內湖區瑞光路 76 巷 65 號 1 樓
秀威資訊科技股份有限公司 收
BOD 數位出版事業部

（請沿線對折寄回，謝謝！）

姓　　名：＿＿＿＿＿＿＿＿　年齡：＿＿＿＿　性別：□女　□男

郵遞區號：□□□□□

地　　址：＿＿＿＿＿＿＿＿＿＿＿＿＿＿＿＿

聯絡電話：（日）＿＿＿＿＿＿＿＿（夜）＿＿＿＿＿＿＿＿

E-mail：＿＿＿＿＿＿＿＿＿＿＿＿＿＿＿＿